LA VAGABONDE

COLETTE

ALICIA ÉDITIONS

PREMIÈRE PARTIE

*D*ix heures et demie... Encore une fois, je suis prête trop tôt. Mon camarade Brague, qui aida mes débuts dans la pantomime, me le reproche souvent en termes imagés :

— Sacrée graine d'amateur, va ! T'as toujours le feu quelque part. Si on t'écoutait, on ferait son fond de teint à sept heures et demie, en brifant les hors-d'œuvre...

Trois ans de music-hall et de théâtre ne m'ont pas changée, je suis toujours prête trop tôt.

Dix heures trente-cinq... Si je n'ouvre ce livre, lu et relu, qui traîne sur la tablette à fards, ou le *Paris-Sport* que l'habilleuse, tout à l'heure, pointait du bout de mon crayon à sourcils, je vais me trouver seule avec moi-même, en face de cette conseillère maquillée qui me regarde, de l'autre côté de la glace, avec de profonds yeux aux paupières frottées d'une pâte grasse et violâtre. Elle a des pommettes vives, de la même couleur que les phlox des jardins, des lèvres d'un rouge noir, brillantes et comme vernies... Elle me regarde longtemps, et je sais qu'elle va parler... Elle va me dire :

— Est-ce toi qui es là ?... Là, toute seule, dans cette cage aux murs blancs que des mains oisives, impatientes, prisonnières, ont écorchés d'initiales entrelacées, brodés de figures indécentes et naïves ? Sur ces murs de plâtre, des ongles rougis, comme les tiens, ont écrit l'appel inconscient des abandonnés... Derrière toi, une main féminine a gravé : *Marie...* et la fin du nom s'élance en parafe ardent, qui monte comme un cri... Est-ce toi qui es là, toute seule, sous ce plafond bourdonnant que les pieds des danseurs émeuvent comme le plancher d'un moulin actif ?... Pourquoi es-tu là, toute seule ? et pourquoi pas ailleurs ?... »

Oui, c'est l'heure lucide et dangereuse... Qui frappera à la porte de ma loge, quel visage s'interposera entre moi et la conseillère fardée qui m'épie de l'autre côté du miroir ?... Le Hasard, mon ami et mon maître, daignera bien encore une fois m'envoyer les génies de son désordonné royaume. Je n'ai plus foi qu'en lui — et en moi. En lui surtout, qui me repêche lorsque je sombre, et me saisit, et me secoue, à la manière d'un chien sauveteur dont la dent, chaque fois, perce un peu ma peau... Si bien que je n'attends plus, à chaque désespoir, ma fin, mais bien l'aventure, le petit miracle banal qui renoue, chaînon étincelant, le collier de mes jours.

C'est la foi, c'est vraiment la foi, avec son aveuglement parfois simulé, avec le jésuitisme de ses renoncements, son entêtement à espérer, dans l'heure même où l'on crie : « Tout m'abandonne !... » Vraiment, le jour où mon maître le Hasard porterait en mon cœur un autre nom, je ferais une excellente catholique...

Comme le plancher tremble, ce soir ! on voit bien qu'il fait froid : les danseurs russes se réchauffent. Quand ils crieront tous ensemble : « You ! » avec une voix aiguë et éraillée de jeunes porcs, il sera onze heures dix. Mon horloge est infaillible, elle ne varie pas de cinq minutes en un mois. Dix heures : j'arrive ; Mme Cavallier chante *les Petits Chemineux, le Baiser d'adieu, le Petit quéqu'chose*, trois chansons. Dix heures dix : Antoniew et ses chiens. Dix heures vingt-deux : coups de fusil, aboiements, fin du numéro de chiens. L'escalier de fer crie, et quelqu'un tousse : c'est Jadin qui descend. Elle jure en toussant, parce qu'elle marche chaque fois sur l'ourlet de sa robe, c'est un rite... Dix heures trente-cinq : le fantaisiste Bouty. Dix heures quarante-sept : les danseurs russes, et, enfin, onze heures dix : moi !

Moi... En pensant ce mot-là, j'ai regardé involontairement le miroir. C'est pourtant bien moi qui suis là, masquée de rouge mauve, les yeux cernés d'un halo de bleu gras qui commence à fondre... Vais-je attendre que le reste du visage aussi se délaie ? S'il n'allait demeurer, de tout mon reflet, qu'une coulure teintée, collée à la glace comme une longue larme boueuse ?...

Mais on gèle, ici ! Je frotte l'une contre l'autre mes mains grises de froid sous le blanc liquide qui se craquèle. Parbleu ! le tuyau du calorifère est glacé : c'est samedi, et, le samedi, on charge ici le public populaire, le joyeux public chahuteur et un peu saoul, de chauffer la salle. On n'a pas pensé aux loges d'artistes.

Un coup de poing ébranle la porte, et mes oreilles elles-mêmes tressaillent. J'ouvre à mon camarade Brague, costumé en bandit roumain, basané et consciencieux :

— C'est à nous, tu sais ?

— Je sais. Pas trop tôt ! On attrape la crève !

En haut de l'escalier de fer qui monte au plateau, la bonne chaleur sèche, poussiéreuse, m'enveloppe comme un manteau confortable et sale. Pendant que Brague, toujours méticuleux, veille à la plantation et fait remonter la herse du fond, — celle du soleil couchant, — je colle, machinalement, mon œil à la rondelle lumineuse du rideau.

C'est une belle salle de samedi, dans ce café concert aimé du quartier. Une salle noire, que les projecteurs ne suffisent pas à éclairer, et vous donneriez cent sous pour trouver un col de chemise, du dixième rang de fauteuils à la deuxième galerie ! Une fumée rousse plane sur tout cela, portant l'affreuse odeur du tabac froid et du cigare à deux ronds qu'on fume trop loin... En revanche, les avant-scènes, — femmes décolletées, paillettes, chapeaux et plumages, — ont l'air de quatre jardinières... C'est un beau samedi ! Mais, selon la forte expression de la petite Jadin :

— Je m'en fiche, je ne touche pas sur la recette !

Dès les premières mesures de notre ouverture, je me sens soulagée, engrenée, devenue légère et irresponsable. Accoudée au balcon de toile, je considère d'un œil serein la couche poudreuse — crotte des chaussures, poussière, poils de chiens, résine écrasée — qui couvre le parquet où se traîneront tout à l'heure mes genoux nus, et je respire un rouge géranium artificiel. Dès cette minute, je ne m'appartiens plus, tout va bien ! Je sais que je ne tomberai pas en dansant, que mon talon n'accrochera pas l'ourlet de ma jupe, que je croulerai, brutalisée par Brague, sans pourtant m'écorcher les coudes ni m'aplatir le nez. J'entendrai vaguement, sans perdre mon sérieux, le petit machiniste qui, au moment le plus dramatique, imite des bruits de pets derrière le portant pour nous faire rire... La brutale lumière me porte, la musique régit mes gestes, une discipline mystérieuse m'asservit et me protège... Tout va bien.

Tout va très bien ! Notre noir public du samedi nous a récompensés par un tumulte où il y avait des bravos, des sifflets, des cris, des cochonneries cordiales, et j'ai reçu, bien asséné sur le coin de la bouche, un petit paquet de ces œillets à deux sous, des œillets blancs anémiques que la marchande de fleurs au panier baigne, pour les teindre, dans une eau carminée... Je l'emporte, au revers de ma jaquette : il sent le poivre et le chien mouillé.

J'emporte aussi une lettre qu'on vient de me remettre :

« Madame, j'étais au premier rang de l'orchestre ; votre talent de mime m'invite à croire que vous en possédez d'autres, plus spéciaux et plus captivants encore ; faites-moi le plaisir de souper ce soir avec moi... »

C'est signé « Marquis de Fontanges » — mon Dieu, oui ! et écrit au café du Delta... Combien de rejetons de familles nobles, et qu'on croyait dès longtemps éteintes, élisent domicile au café du Delta ?... Contre toute vraisemblance, je flaire chez ce marquis de Fontanges une parenté proche avec un comte de Lavallière, qui m'offrit, la semaine passée, un « five o'clock » dans sa « garçonnière ». — Fumisteries banales, mais où se devine le romanesque amour de la grande vie, le respect du blason, qui couve, en ce quartier de gouapes, sous tant de casquettes avachies.

Comme d'habitude, c'est avec un grand soupir que je referme derrière moi la porte de mon rez-de-chaussée. Soupir de fatigue, de détente, de soulagement ? — ou l'angoisse de la solitude ? Ne cherchons pas, ne cherchons pas !

Qu'est-ce que j'ai donc, ce soir ?... C'est ce brouillard de décembre, glacial, tout en paillettes de gel suspendues, qui vibre autour des becs de gaz en halo irisé, qui fond sur les lèvres avec un goût de créosote... Et puis, ce quartier neuf que j'habite, surgi tout blanc derrière les Ternes, décourage le regard et l'esprit.

Sous le gaz verdâtre, ma rue, à cette heure, est un gâchis crémeux, praliné, marron-moka et jaune caramel, — un dessert éboulé, fondu, où surnage le nougat des moellons. Ma maison elle-même, toute seule dans la rue, a « l'air que ce n'est pas vrai ». Mais ses murs neufs, ses cloisons minces offrent, pour un prix modeste, un abri suffisamment confortable à des « dames seules » comme moi.

Quand on est « dame seule », c'est-à-dire tout ensemble la bête noire, la terreur et le paria des propriétaires, on prend ce qu'on trouve, on gîte où l'on peut, on essuie la fraîcheur des plâtres...

La maison que j'habite donne miséricordieusement asile à toute une colonie de « dames seules ». À l'entresol, nous avons la maîtresse en titre de Young, Young-Automobiles ; au-dessus, l'amie, très « tenue », du comte de Bravailles ; plus haut, deux sœurs blondes reçoivent, chaque jour, la visite d'un seul Monsieur-très-bien-qui-est-dans-l'industrie : plus haut encore, une terrible petite noceuse mène, jour et nuit, un train de fox-terrier déchaîné : cris, piano, chants, bouteilles vides jetées par la fenêtre :

— C'est la honte de la maison, a dit un jour Mme Young-Automobiles.

Enfin, au rez-de-chaussée, il y a moi, qui ne crie point, qui ne joue pas de piano, qui ne reçois guère de messieurs, encore moins de dames... La petite grue du quatrième fait trop de bruit, et moi pas assez ; la concierge ne me l'envoie pas dire :

— C'est drôle, on ne sait jamais si Madame est là, on ne l'entend pas. On ne croirait jamais une artiste !

Ah ! quelle laide soirée de décembre ! le calorifère sent l'iodoforme. Blandine a oublié de mettre la boule d'eau chaude dans le lit, et ma chienne elle-même, mal lunée, grincheuse, frileuse, me jette tout juste un regard noir et blanc, sans quitter sa corbeille. Mon Dieu, je ne réclame pas d'arcs de triomphe, ni d'illuminations, mais tout de même...

Oh ! je peux chercher partout, dans les coins, et sous le lit, il n'y a personne ici, personne, — que moi. Le grand miroir de ma chambre ne me renvoie plus l'image maquillée d'une bohémienne pour music-hall, — il ne reflète... que moi.

Me voilà donc, telle que je suis ! Je n'échapperai pas, ce soir, à la rencontre du long miroir, au soliloque cent fois esquivé, accepté, fui, repris et rompu... Hélas ! je sens d'avance la vanité de toute diversion. Ce soir, je n'aurai pas sommeil, et le charme du livre, — oh ! le livre nouveau, le livre tout frais dont le parfum d'encre humide et de papier neuf évoque celui de la houille, des locomotives, des départs ! — le charme du livre ne me détournera pas de moi...

Me voilà donc, telle que je suis ! Seule, seule, et pour la vie entière sans doute. Déjà seule ! C'est bien tôt. J'ai franchi, sans m'en croire humiliée, la trentaine ; car ce visage-ci, le mien, ne vaut que par l'expression qui l'anime, et la couleur du regard, et le sourire défiant qui s'y joue — ce que Marinetti appelle ma *gaiezza volpina*... Renard sans malice, qu'une poule aurait su prendre ! Renard sans convoitise, qui ne se souvient que du piège et de la cage... Renard gai, oui, mais parce que les coins de sa bouche, et de ses yeux, dessinent un sourire involontaire... Renard las d'avoir dansé, captif, au son de la musique...

C'est pourtant vrai que je ressemble à un renard ! Mais un joli renard fin, ce n'est pas laid, n'est-ce pas ?... Brague dit aussi que j'ai l'air d'un rat, quand je mets ma bouche en pointe, en clignant des paupières pour y voir mieux... Il n'y a pas de quoi me fâcher.

Ah ! que je n'aime pas me voir cette bouche découragée, et ces épaules veules, et tout ce corps morne qui se repose de travers, sur une seule jambe !... Voilà des cheveux pleureurs, défrisés, qu'il faut tout à l'heure brosser longtemps pour leur rendre leur couleur de castor brillant. Voilà des yeux qui gardent un cerne de crayon bleu, et des ongles où le rouge a laissé une ligne douteuse... Je ne m'en tirerai pas à moins de cinquante bonnes minutes de bain et de pansage...

Il est déjà une heure... Qu'est-ce que j'attends ? Un petit coup de fouet, bien cinglant, pour faire repartir la bête butée... Mais personne ne me le donnera, puisque... puisque je suis toute seule ! Comme on voit bien, dans ce long cadre qui étreint mon image, que j'ai déjà l'habitude de vivre seule !

Pour un visiteur indifférent, pour un fournisseur, même pour Blandine, ma femme de chambre, je redresserais cette nuque qui flanche, cette hanche qui se repose de travers, je nouerais l'une à l'autre ces mains vides... Mais, cette nuit, je suis si seule...

Seule ! J'ai l'air de m'en plaindre, vraiment !
— Si tu vis toute seule, m'a dit Brague, c'est parce que tu le veux bien, n'est-ce pas ?

Certes, je le veux « bien », et même je le *veux*, — tout court. Seulement, voilà... il y a des jours où la solitude, pour un être de mon âge, est un vin grisant qui vous saoûle de liberté, et d'autres jours où c'est un tonique amer, et d'autres jours où c'est un poison qui vous jette la tête aux murs...

Ce soir, je voudrais bien ne pas choisir. Je voudrais me contenter d'hésiter, et ne pas pouvoir dire si le frisson qui me prendra, en glissant entre mes draps froids, sera de peur ou d'aise.

Seule... et depuis longtemps. Car je cède maintenant à l'habitude du soliloque, de la conversation avec la chienne, le feu, avec mon image... C'est une manie qui vient aux reclus, aux vieux prisonniers ; mais, moi, je suis libre... Et, si je me parle en dedans, c'est par besoin littéraire de rythmer, de rédiger ma pensée.

J'ai devant moi, de l'autre côté du miroir, dans la mystérieuse chambre des reflets, l'image d' « une femme de lettres qui a mal tourné ». On dit aussi de moi que « je fais du théâtre », mais on ne m'appelle jamais actrice. Pourquoi ? Nuance subtile, refus poli, de la part du public et de mes amis eux-mêmes, de me donner un grade dans cette carrière que j'ai pourtant choisie... Une femme de lettres qui a mal tourné : voilà ce que je dois, pour tous, demeurer, moi qui n'écris plus, moi qui me refuse le plaisir, le luxe d'écrire...

Écrire ! pouvoir écrire ! cela signifie la longue rêverie devant la feuille blanche, le griffonnage inconscient, les jeux de la plume qui tourne en rond autour d'une tache d'encre, qui mordille le mot imparfait, le griffe, le hérisse de fléchettes, l'orne d'antennes, de pattes, jusqu'à ce qu'il perde sa figure lisible de mot, mué en insecte fantastique, envolé en papillon-fée...

Écrire... C'est le regard accroché, hypnotisé par le reflet de la fenêtre dans l'encrier d'argent, — la fièvre divine qui monte aux joues, au front, tandis qu'une bienheureuse mort glace sur le papier la main qui écrit. Cela veut dire aussi l'oubli de l'heure, la paresse au creux du divan, la débauche d'invention d'où l'on sort courbaturé, abêti, mais déjà récompensé, et porteur de trésors qu'on décharge lentement sur la feuille vierge, dans le petit cirque de lumière qui s'abrite sous la lampe...

Écrire ! verser avec rage toute la sincérité de soi sur le papier tentateur, si vite, si vite que parfois la main lutte et renâcle, surmenée par le dieu impatient qui la guide... et retrouver, le lendemain, à la place du rameau d'or, miraculeusement éclos en une heure flamboyante, une ronce sèche, une fleur avortée...

Écrire ! plaisir et souffrance d'oisifs ! Écrire !... J'éprouve bien, de loin en loin, le besoin, — vif comme la soif en été, — de noter, de peindre... Je prends encore la plume, pour commencer le jeu périlleux et décevant, pour saisir et fixer, sous la pointe double et ployante, le chatoyant, le fugace, le passionnant adjectif... Ce n'est qu'une courte crise, — la démangeaison d'une cicatrice...

Il faut trop de temps pour écrire ! Et puis, je ne suis pas Balzac, moi... Le conte fragile que j'édifie s'émiette quand le fournisseur sonne, quand le bottier présente sa facture, quand l'avoué téléphone, et l'avocat, quand l'agent théâtral me mande à son bureau pour « un cachet en ville chez des gens tout ce qu'il y a de bien, mais qui n'ont pas pour habitude de payer les prix forts »...

Or, depuis que je vis seule, il a fallu vivre d'abord, divorcer ensuite, et puis continuer à vivre... Tout cela demande une activité, un entêtement incroyables... Et pour arriver où ? N'y a-t-il point pour moi d'autre havre que cette chambre banale, en Louis XVI de camelote, d'autre halte qu'à ce miroir infranchissable où je me bute, front contre front ?...

Demain, c'est dimanche : matinée et soirée à l'Empyrée-Clichy. Deux heures, déjà !... C'est l'heure de dormir, pour une « femme de lettres qui a mal tourné ».

— **G**rouille-toi ! bon Dieu, grouille-toi ! Jadin n'est pas là !

— Comment, pas là ? elle est malade ?

— Malade ? oui ! en bombe !... C'est le même coup pour nous : nous passons vingt minutes plus tôt !

Brague, le mime, vient de surgir de sa cellule sur mon passage, effrayant sous son fond de teint kaki, et je cours vers ma loge, consternée à l'idée que je pourrais, pour la première fois de ma vie, être en retard...

Jadin n'est pas là ! Je me hâte, en tremblant d'énervement. C'est qu'il ne badine pas, notre public de quartier, surtout à la matinée du dimanche ! Si nous le laissons, comme dit notre régisseur-belluaire, « avoir faim » cinq minutes entre deux numéros, les hurlements, les bouts de mégots, les peaux d'oranges partiront tout seuls...

Jadin n'est pas là... Il fallait s'attendre à ça, un de ces jours.

Jadin est une petite chanteuse, si novice au concert, qu'elle n'a pas eu le temps encore d'oxygéner ses cheveux châtains ; elle n'a fait qu'un saut du boulevard extérieur sur la scène, estomaquée de gagner, en chantant, deux cent dix francs par mois. Elle a dix-huit ans. La chance (?) l'a saisie sans ménagement, et ses coudes défensifs, toute sa personne têtue penchée en gargouille, semblent parer les coups d'un destin fumiste et brutal.

Elle chante en cousette et en goualeuse des rues, sans penser qu'on peut chanter autrement. Elle force ingénument son contralto râpeux et prenant, qui va si bien à sa figure jeune d'apache rose et boudeuse. Telle qu'elle est, avec sa robe trop longue, achetée n'importe où, ses cheveux châtains pas même ondulés, son épaule de biais qui a l'air de tirer encore le panier de linge, le duvet de sa lèvre tout blanc d'une poudre grossière, — le public l'adore. La directrice lui promet, pour la saison prochaine, le « lumineux » et une seconde vedette, — on verra après pour l'augmentation. Jadin, en scène, rayonne et jubile. Elle reconnaît, tous les soirs, dans le public des secondes galeries, quelque compagnon d'enfantine vadrouille et ne résiste point, pour le saluer, à couper sa rengaine sentimentale par un joyeux coup de gueule, un rire aigu d'écolière, voire une « basane » bien claquée sur la cuisse...

C'est elle qui manque aujourd'hui au programme. Dans une demi-heure, ils vont tempêter dans la salle et crier : « Jadin ! Jadin ! » et taper des galoches, et sonner sur les verres avec leurs cuillers à mazagrans...

Cela devait arriver. Jadin, dit-on, n'est pas malade, et notre régisseur ronchonne :

— Pensez-vous qu'elle est grippée ! Elle a tombé en travers d'un pieu ! On y met un talbin en compresse ! Sans quoi, elle aurait prévenu...

Jadin a trouvé un gourmet qui n'est pas du quartier. Il faut vivre... Elle vivait, pourtant, avec l'un, avec l'autre, avec tout le monde... Reverrai-je sa petite silhouette de gargouille, coiffée jusqu'aux sourcils d'un des calots « à la mode » qu'elle fabriquait elle-même ? Hier soir encore, elle avançait dans ma loge un museau mal poudré pour me montrer sa dernière création : une toque en lapin « genre renard blanc », trop étroite, qui rabattait de chaque côté les petites oreilles de Jadin, toutes roses...

— On croirait Attila tout craché, lui disait Brague, très sérieux.

Jadin est partie... Le long couloir, foré de logettes carrées, bourdonne et ricane : il paraît que tout le monde flairait cette fugue, sauf moi... Bouty, le petit comique qui chante les Dranem, se promène devant ma loge, grimé en anthropoïde, un verre de lait à la main, et je l'entends prophétiser :

— C'était couru ! Moi, j'y donnais encore cinq, six jours, peut-être un mois, à Jadin ! La patronne doit faire une gueule... Mais c'est pas encore ça qui la décidera à augmenter les artistes qui remontent une maison... Retenez ce que je vous dis ! on la reverra, Jadin : c'est une excursion, pas plus. C'est une fille qui a son genre de vie, elle saura jamais garder un miché...

J'ouvre ma porte pour parler à Bouty, pendant que je passe mes mains au blanc liquide :

— Elle ne vous avait rien dit de son départ, Bouty ?

Il hausse les épaules, en tournant vers moi son masque de gorille rouge, aux yeux bordés de blanc :

— Probable ! Je ne suis pas sa mère...

Ayant dit, il lampe à petites gorgées son verre de lait, un lait bleuâtre comme de l'amidon.

Pauvre petit Bouty, qui balade partout son entérite chronique et sa bouteille de lait cacheté ! Nettoyé de son masque vermillon et blanc, il a une chétive et douce figure, délicate, intelligente, de beaux yeux tendres, et un cœur de chien sans maître, prêt à chérir qui l'adoptera. Sa maladie et son dur métier le crèvent, il se nourrit de lait, de macaroni bouilli, et trouve la force de chanter, de danser des danses nègres pendant vingt minutes. En sortant de scène, il tombe, éreinté, sur le plateau, incapable de descendre tout de suite à sa loge... Son corps fluet, étendu là comme mort, me barre quelquefois le passage, et je me raidis pour ne pas me pencher, le ramasser, demander du secours. Les camarades et le vieux chef machiniste se bornent à hocher le menton d'un air important à côté de lui, et disent :

— Bouty, c'est un artiste qui *fatigue* beaucoup.

— Filons, filons ! train accéléré ! Ils n'ont pas trop gueulé après Jadin, dans la salle. C'est de la chance !

Brague me pousse dans l'escalier de fer ; la chaleur poussiéreuse, la lumière des herses m'étourdissent ensemble ; cette matinée a passé comme un songe affairé, la moitié de la journée a fondu je ne sais comment, j'en garde seulement le froid nerveux, la contraction de l'estomac qui suit les réveils, les levers rapides en pleine nuit. Dans une heure, il sera temps de dîner, et puis on prend un taxi, et ça recommence...

Et j'en ai comme ça pour un mois ! Le spectacle actuel plaît suffisamment ; d'ailleurs, il faut tenir jusqu'à la revue :

— Nous sommes bons là, dit Brague : quarante jours à ne rien penser !

Et il se frotte les mains.

À ne rien penser... Si je pouvais faire comme lui ! J'ai quarante jours, j'ai toute l'année, toute la vie pour penser, moi... Combien de temps vais-je promener, de music-hall en théâtre, de théâtre en casino, des « dons » que l'on s'accorde, d'un ton poli, à trouver intéressants ? On me reconnaît, par surcroît, une « mimique précise », une « diction nette », et une « plastique impeccable ». C'est très gentil. C'est même plus qu'il n'en faut. Mais... où cela mène-t-il ?

Allons ! je vois venir une dure crise de noir... Je l'attends avec calme et d'un cœur habitué, certaine d'en reconnaître les phases normales et de la vaincre une fois encore. Personne n'en saura rien. Ce soir, Brague me guigne de son petit œil pénétrant, sans trouver autre chose à dire que :

— T'es bien dans la lune, dis donc ?

Revenue à ma loge, je lave mes mains teintes d'un sang groseille, devant la glace où nous nous mesurons, la conseillère maquillée et moi, graves, en adversaires dignes l'une de l'autre.

Souffrir... regretter... prolonger, par l'insomnie, par la divagation solitaire, les heures les plus profondes de la nuit : je n'y échapperai point. Et je marche au-devant de cela, avec une sorte de gaieté funèbre, avec toute la sérénité d'un être encore jeune et résistant, qui en a vu bien d'autres... Deux habitudes m'ont donné le pouvoir de retenir mes pleurs : celle de cacher ma pensée et celle de noircir mes cils au mascaro...

— Entrez !

On vient de frapper, et j'ai répondu machinalement, absorbée...

Ce n'est pas Brague, ce n'est pas la vieille habilleuse, c'est un inconnu, grand, sec, noir, qui incline sa tête nue et débite tout d'un trait :

— Madame, je viens, depuis une semaine, vous applaudir dans l'*Emprise*. Vous excuserez ce que ma visite peut avoir de... déplacé, mais il me semble que mon admiration pour votre talent et... et votre plastique... justifie une présentation aussi... incorrecte, et que...

Je ne dis rien à cet imbécile. Moite, essoufflée encore, la robe demi-ouverte, j'essuie mes mains en le regardant avec une férocité si visible que sa belle phrase meurt soudain, coupée...

Faut-il le gifler ? marquer sur ses deux joues mes doigts encore humides d'une eau carminée ? Faut-il élever la voix et jeter à cette figure anguleuse, toute en os, barrée d'une moustache noire, les mots que j'ai appris dans les coulisses et dans la rue ?...

Il a des yeux de charbonnier triste, cet envahisseur...

Je ne sais pas ce que lui disent mon regard et mon silence, mais sa figure change tout à coup :

— Ma foi, Madame, je ne suis qu'un serin et un grossier personnage, je m'en aperçois trop tard. Mettez-moi à la porte, allez, je l'ai bien mérité, mais non pas sans que j'aie déposé à vos pieds mes respectueux hommages.

Il resalue, comme un homme qui va s'en aller... et ne s'en va pas. Avec cette rouerie un peu catin des hommes, il attend, une demi-seconde, le bénéfice de son revirement, et — je ne suis pas, mon Dieu, si terrible ! — l'obtient :

— Je vous dirai donc gentiment, Monsieur, ce que je vous aurais dit sans aménité, tout à l'heure : allez-vous-en !

Je ris, bonne fille, en lui montrant la porte. Lui ne rit pas. Il reste là, le front en avant, et son poing libre pend, serré. Cette attitude le fait presque menaçant, gauche, avec une dégaine un peu lourde de bûcheron correct. La lampe du plafond se mire dans ses cheveux noirs, rabattus de côté, lisses et comme laqués ; mais ses yeux m'échappent, reculés sous une profonde orbite...

Il ne rit pas, parce qu'il me désire.

Il ne me veut aucun bien, cet homme-là, — il me veut. Il n'a pas l'humeur à plaisanter, même graveleusement. Cela me gêne, à la fin, et je l'aimerais mieux... allumé, à l'aise dans son rôle d'homme qui a bien dîné et qui s'est rincé l'œil au premier rang de l'orchestre...

L'ardent désir qu'il a de moi le gêne comme une arme encombrante.

— Eh bien ! Monsieur, vous ne vous en allez pas ?

Il répond précipitamment, comme si je l'avais éveillé :

— Si, si, Madame ! Certainement, je m'en vais. Je vous prie d'agréer mes excuses et...

— ... et l'expression de ma considération distinguée ! achevé-je malgré moi.

Ce n'est pas bien drôle, mais il rit, — il rit enfin, il quitte son expression têtue qui me décontenançait...

— C'est gentil à vous de me repêcher, Madame ! Il y a encore quelque chose que je voulais vous demander...

— Ah ! non ! vous allez filer tout de suite ! J'ai fait preuve d'une longanimité incompréhensible, et je risque une bronchite en n'enlevant pas cette robe où j'ai eu chaud comme trois déménageurs !

Du bout de l'index, je le pousse dehors, car il a repris, quand j'ai parlé d'enlever ma robe, sa figure sombre et fixe... La porte refermée et verrouillée, j'entends sa voix assourdie qui quémande :

— Madame ! Madame !... je voulais savoir si vous aimez les fleurs ? et lesquelles ?

— Monsieur ! Monsieur ! laissez-moi tranquille ! Je ne vous demande pas quels sont vos poètes favoris, ni si vous préférez la mer à la montagne ! Allez-vous-en !

— Je m'en vais, Madame ! Bonsoir, Madame !

Ouf ! ce grand serin d'homme, grossier et simple, a coupé la crise noire : c'est toujours autant.

Depuis trois ans, voilà de quelle sorte sont mes conquêtes amoureuses... Le monsieur du fauteuil onze, le monsieur de l'avant-scène quatre, le gigolo des secondes galeries... Une lettre, deux lettres, un bouquet, une lettre encore... c'est tout ! Le silence les décourage bientôt, et il me faut avouer qu'ils n'y mettent pas trop d'entêtement.

Le Destin, désormais ménager de mes forces, semble écarter de moi ces amoureux obstinés, ces chasseurs qui traquent une femme jusqu'au bat-l'eau inclusivement... Ceux que je tente ne m'écrivent pas de billets doux. Leurs lettres, pressées, brutales et gauches, traduisent leur envie, non leurs pensées... J'excepte un pauvre petit qui délayait, des douze pages durant, un amour bavard et humilié. Il devait être bien jeune. Il se rêvait prince Charmant, pauvre gosse, et riche, et puissant : « Je vous écris tout ça sur la table du marchand de vin où je déjeune, et chaque fois que je lève la tête, en face de moi, dans la glace, je vois ma sale gueule... »

Encore pouvait-il, le petit amoureux à la « sale gueule », rêver à quelqu'un, sous ses palais bleus et ses forêts enchantées.

Personne ne m'attend, moi, sur une route qui ne mène ni à la gloire, ni à la richesse, ni à l'amour.

Rien ne mène, — je le sais, — à l'amour. C'est lui qui se jette en travers de votre route. Il la barre, à jamais, ou, s'il la quitte, laisse le chemin rompu, effondré...

Ce qui reste de ma vie me fait songer à un de ces *puzzles* en douze cent cinquante morceaux de bois biscornus et multicolores. S'agit-il pour moi d'en reconstituer, bûchette à bûchette, le décor primitif : une maison paisible au milieu des bois ? Non, non, quelqu'un a brouillé toutes les lignes du doux paysage ; je ne retrouverais même plus les débris du toit bleu brodé de lichens jaunes, ni la vigne vierge, ni la profonde forêt sans oiseaux...

Huit ans de mariage, trois ans de séparation : voilà qui remplit le tiers de mon existence.

Mon ex-mari ? Vous le connaissez tous. C'est Adolphe Taillandy, le pastelliste. Depuis vingt ans, il fait le même portrait de femme : sur un fond brumeux et doré, emprunté à Lévy-Dhurmer, il pose une femme décolletée, dont la chevelure, comme une ouate précieuse, nimbe un visage velouté. La chair, aux tempes, dans l'ombre du cou, sur la rondeur des seins, s'irise du même velouté impalpable, bleu comme celui des beaux raisins qui tentent les lèvres :

— Potel et Chabot ne font pas mieux ! a dit un jour Forain devant un pastel de mon mari.

À part son fameux « velouté », je ne crois pas qu'Adolphe Taillandy ait du talent. Mais je reconnais volontiers que ses portraits sont, pour les femmes surtout, irrésistibles.

D'abord, il voit blond, résolument. La chevelure même de Mme de Guimont-Fautru, cette sèche brune émérite, il l'a parée de reflets sanguins et dorés, venus on ne sait d'où et qui font d'elle, — répandus sur sa mate figure, sur son nez grec — une orgiaque Vénitienne.

Taillandy a fait mon portrait aussi, autrefois... On ne sait plus que c'est moi, cette petite bacchante au nez lumineux, qui porte sur le milieu du visage sa tache de soleil comme un masque de nacre, et je me souviens encore de ma surprise, à me découvrir si blonde. Je me souviens aussi du succès de ce pastel et de ceux qui le suivirent. Il y eut le portrait de Mme de Guimont-Fautru, de la baronne Avelot, de Mme de Chalis, de Mme Robert-Durand, de la cantatrice Jane Doré, — puis nous arrivons à ceux, moins illustres à cause de l'anonymat des modèles, de Mlle J. R., de Mlle S. S., de Mme U., de Mme Van O..., de Mrs. F. W.

C'était l'époque où Adolphe Taillandy, avec ce cynisme de bel homme qui lui va si bien, déclarait :

— Je ne veux pour modèles que mes maîtresses, et pour maîtresses que mes modèles !

Je ne lui ai pas connu, pour ma part, d'autre génie que celui du mensonge. Aucune femme, aucune de ses femmes, n'a dû autant que moi apprécier, admirer, craindre et maudire sa fureur du mensonge. Adolphe Taillandy mentait, avec fièvre, avec volupté, inlassablement, presque involontairement. Pour lui, l'adultère n'était qu'une des formes — et non la plus délectable — du mensonge.

Il fleurissait en mensonges avec une force, une variété, une prodigalité, que l'âge n'a point épuisées. En même temps qu'il ciselait l'ingénieuse traîtrise, agencée avec mille soins, parée de toutes les recherches d'une fourberie magistrale, je lui voyais gaspiller sa fougue astucieuse en impostures grossières, superflues, goujates, en contes enfantins et presque imbéciles...

Je l'ai rencontré, épousé, j'ai vécu avec lui pendant plus de huit ans... que sais-je de lui ? qu'il fait des pastels et qu'il a des maîtresses. Je sais encore qu'il réalise quotidiennement ce prodige déconcertant d'être, pour celui-ci, un « bûcheur » qui ne songe qu'à son métier, — pour celle-là, un ruffian séduisant et sans scrupules, — pour celle-ci, un paternel amant qui mêle à une toquade brève un joli ragoût d'inceste, — pour cette autre l'artiste las, désabusé, vieillissant, qui pare son automne d'une idylle délicate ; — il y a même celle pour qui on est tout uniment un bon libertin, encore solide, et paillard à souhait ; — et puis il y a la dinde bien née, et bien éprise, qu'Adolphe Taillandy cingle, tourmente, dédaigne, reprend, avec toute la cruauté littéraire d'un « artiste » de roman mondain.

Le mime Taillandy s'insinue, sans transition, dans la peau de l'« artiste », non moins conventionnel, mais plus démodé, qui, pour vaincre les dernières résistances d'une petite dame mariée et mère de deux enfants, jette ses crayons, déchire son esquisse, pleure de vraies larmes qui mouillent sa moustache à la Guillaume II, et prend son feutre espagnol pour courir vers la Seine.

Il y a encore bien d'autres Taillandy, que je ne connaîtrai jamais, — sans parler de l'un des plus terribles : le Taillandy homme d'affaires, le Taillandy manieur et escamoteur d'argent, cynique et brutal, plat et fuyant selon les besoins de l'affaire...

Parmi tous ces hommes-là, où est le vrai ? Je déclare humblement que je n'en sais rien. Je crois qu'il n'y a pas de *vrai* Taillandy... Ce balzacien génie du mensonge a cessé brusquement, un jour, de me désespérer, et même de m'intriguer. Il fut autrefois, pour moi, une sorte de Machiavel épouvantable... ce n'était peut-être que Fregoli.

D'ailleurs il continue. Quelquefois, je songe, avec une tiède commisération, à sa seconde femme... Digère-t-elle encore, béate, éprise, ce qu'elle nomme sa victoire sur moi ? Non, à cette heure, elle commence à découvrir, terrifiée, impuissante, celui qu'elle a épousé... Se penche-t-elle seulement sur l'abîme, ou roule-t-elle au fond, toute saignante des épines qui m'ont laissé leurs cicatrices ?...

Mon Dieu ! que j'étais jeune, et que je l'aimais, cet homme-là ! et comme j'ai souffert !... Ceci n'est pas un cri de douleur, une lamentation vindicative, — non, je soupire cela, quelquefois, sur le ton dont je dirais : « Si vous saviez comme j'ai été malade, il y a quatre ans ! » Et, quand j'avoue : « J'ai été jalouse jusqu'à vouloir tuer et mourir », c'est à la manière des gens qui racontent : « J'ai mangé du rat en 70... » Ils s'en souviennent, mais ils n'en ont gardé que le souvenir. Ils savent qu'ils ont mangé du rat, mais ils ne peuvent plus ranimer en eux le frisson de l'horreur, ni la fièvre de la famine...

Après les premières trahisons, après les révoltes et les soumissions d'un jeune amour qui s'opiniâtrait à espérer et à vivre, je m'étais mise à souffrir avec un orgueil et un entêtement intraitables, — et à faire de la littérature.

Pour le seul plaisir de me réfugier dans un passé tout proche, j'écrivis un petit roman provincial, *Le Lierre sur le Mur*, souriant, plat et clair comme les étangs de mon pays, un chaste petit roman d'amour et de mariage, un peu serin, très gentil, et qui eut un succès inattendu, démesuré. Je rencontrai ma photographie dans tous les illustrés, la *Vie moderne* me décerna son prix annuel, et nous devînmes, Adolphe et moi, « le couple le plus intéressant de Paris », celui qu'on invite à dîner, qu'on montre aux étrangers de marque... « Vous ne connaissez pas les Taillandy ? Renée Taillandy a un très joli talent. — Ah ! Et lui ? — Lui... oh ! il est irrésistible ! »

Mon second livre, *À côté de l'Amour*, se vendit beaucoup moins. Pourtant, j'avais savouré, en mettant celui-là au monde, la volupté d'écrire, la lutte patiente contre la phrase qui s'assouplit, s'assoit en rond comme une bête apprivoisée, — l'attente immobile, l'affût qui finit par *charmer* le mot... Oui, mon second volume se vendit peu. Mais il sut me concilier, — comment dit-on cela ? ah ! oui ! — « l'estime des gens de lettres ». Quant au troisième, *La Forêt sans oiseaux*, il tomba à plat et ne se releva pas. Celui-là, c'est mon préféré, mon « chef-d'œuvre inconnu » à moi... On le trouva diffus et confus, et incompréhensible, et long... Encore à présent, quand je l'ouvre, je l'aime, je m'y aime de tout mon cœur. Incompréhensible ? pour vous, peut-être. Mais, pour moi, sa chaude obscurité s'éclaire de lueurs merveilleuses, pour moi, tel mot suffit à recréer l'odeur, la couleur des heures vécues, — il est sonore et plein et mystérieux comme une coquille où chante la mer, — et je l'aimerais moins, je crois, si vous l'aimiez aussi... Rassurez-vous ! je n'en écrirai pas un autre comme celui-là !... je ne pourrais plus.

D'autres travaux, d'autres soucis me réclament à présent, et surtout celui de gagner ma vie, d'échanger contre de l'or sonnant mes gestes, mes danses, le son de ma voix... J'en ai vite pris l'habitude, et le goût, avec un appétit bien féminin de l'argent. Je gagne ma vie, cela est un fait. À mes bonnes heures, je me dis et me redis, joyeusement, que je gagne ma vie ! Le music-hall, où je devins mime, danseuse, voire comédienne à l'occasion, fit aussi de moi, tout étonnée de compter, de débattre et de marchander, une petite commerçante honnête et dure. C'est un métier que la femme la moins douée apprend vite, quand sa liberté et sa vie en dépendent...

Personne ne comprit rien à notre séparation. Mais eût-on compris quelque chose, avant, à ma patience, à ma longue, lâche et complète complaisance ? Hélas, il n'y a pas que le premier pardon qui coûte... Adolphe connut vite que j'appartenais à la meilleure, à la vraie race des femelles : celle qui avait la première fois pardonné devint, par une progression habilement menée, celle qui subit, puis qui accepte... Ah ! le savant maître que j'avais en lui ! Comme il dosait l'indulgence et l'exigence !... Il lui arriva, quand je me montrais trop rétive, de me battre, mais je crois qu'il n'en avait guère envie. Un homme emporté ne bat pas si bien, et celui-ci ne me frappait, de loin en loin, que pour renforcer son prestige. Lors de notre divorce, on ne fut pas loin de me donner tous les torts, pour innocenter le « beau Taillandy », coupable seulement de plaire et de trahir. Il s'en fallut de peu que je ne cédasse, intimidée, ramenée à ma soumission habituelle par le bruit qui se fit autour de nous...

— Comment ? il la trompe depuis huit ans, et c'est maintenant qu'elle s'avise de se plaindre !...

J'eus des visites d'amis autoritaires, supérieurs, qui savent « ce que c'est que la vie » ; j'eus celles de parents âgés, dont l'argument le plus sérieux était :

— Que voulez-vous, ma chère enfant !...

Ce que je voulais ? Au fond, je le savais très bien. J'en avais assez. Ce que je voulais ? Mourir, plutôt que de traîner encore ma vie humiliée de femme « qui a tout pour être heureuse » ; mourir, oui, risquer la misère avant le suicide, mais ne plus revoir Adolphe Taillandy, l'Adolphe Taillandy qui se réservait pour l'intimité conjugale, celui qui savait si bien m'avertir, sans élever la voix, en avançant au-dessus de moi sa redoutable mâchoire d'adjudant :

— Je commence demain le portrait de Mme Mothier ; vous aurez la bonté, n'est-ce pas ? de ne plus lui faire cette gueule-là ?

Mourir, risquer, avant, les pires chutes, mais ne plus surprendre le geste brusque qui cache une lettre froissée, ni la conversation faussement banale au téléphone, ni le regard du valet de chambre complice, — mais ne plus m'entendre dire, d'un ton détaché :

— Est-ce que vous ne deviez pas aller passer quarante-huit heures chez votre mère, cette semaine ?...

Partir, — mais ne plus m'abaisser à promener, tout un jour, une des maîtresses de mon mari, pendant qu'il en étreint, rassuré, protégé par moi, une autre ! — Partir, et mourir, mais ne plus feindre d'ignorer,

mais ne plus subir l'attente nocturne, la veille qui glace les pieds, dans le lit trop grand, — ne plus former ces projets de vengeance qui naissent dans le noir, qui enflent aux battements d'un cœur irrité, tout empoisonné de jalousie, puis crèvent au tintement d'une clef dans la serrure, et lâchement s'apaisent lorsqu'une voix connue s'écrie :
— Comment ? tu ne dors pas encore ?
J'en avais assez.
On s'habitue à ne pas manger, à souffrir des dents ou de l'estomac, on s'habitue même à l'absence d'un être aimé, — on ne prend pas l'habitude de la jalousie. Et il arriva ce qu'Adolphe Taillandy, qui pense à tout, n'avait pas prévu : un jour que, pour mieux recevoir Mme Mothier sur le grand divan de l'atelier, il m'avait sans courtoisie mise à *ma* porte, je ne rentrai pas.
Je ne rentrai pas ce soir-là, ni le suivant, ni ceux d'après. Et c'est là que finit — ou commence — mon histoire.

Je n'insisterai pas sur une morose et courte période de transition, où j'accueillis de la même humeur hargneuse les blâmes, les conseils, les consolations, et jusqu'aux félicitations.
Je décourageai les rares amis tenaces qui vinrent sonner à la porte d'un minuscule appartement loué au hasard. Outragée qu'on eût l'air de braver, pour me voir, l'opinion publique, la sacro-sainte et souveraine et ignoble opinion publique, je coupai, d'un geste rageur, tout ce qui me liait encore à mon passé.

Alors, quoi ? L'isolement ? — Oui, l'isolement, à trois ou quatre amis près. Des entêtés, ceux-là, des indécollables, résolus à endurer toutes mes rebuffades. Comme je les accueillis mal, mais comme je les aimai, et combien je craignis, en les voyant s'éloigner, qu'ils ne revinssent pas !...
L'isolement, oui. Je m'en effrayai, comme d'un remède qui peut tuer. Et puis, je découvris que... je ne faisais que continuer à vivre seule. L'entraînement datait de loin, de mon enfance, et les premières années de mon mariage ne l'avaient qu'à peine interrompu : il avait repris, austère, dur à pleurer, dès les premières trahisons conjugales, et cela, c'est le plus banal de mon histoire... Combien de femmes ont connu cette retraite en soi, ce repliement patient qui succède aux larmes révoltées ? Je leur rends cette justice, en me flattant moi-même : il n'y a guère que dans la douleur qu'une femme soit capable de

dépasser la médiocrité. Sa résistance y est infinie ; on peut en user et abuser sans craindre qu'elle ne meure, moyennant que quelque puérile lâcheté physique ou quelque religieux espoir la détournent du suicide simplificateur.

« Elle meurt de chagrin... Elle est morte de chagrin... » Hochez, en entendant ces clichés, une tête sceptique plus qu'apitoyée : une femme ne peut guère mourir de chagrin. C'est une bête si solide, si dure à tuer ! Vous croyez que le chagrin la ronge ? Point. Bien plus souvent elle y gagne, débile et malade qu'elle est née, des nerfs inusables, un inflexible orgueil, une faculté d'attendre, de dissimuler, qui la grandit, et le dédain de ceux qui sont heureux. Dans la souffrance et la dissimulation, elle s'exerce et s'assouplit, comme à une gymnastique quotidienne pleine de risques... Car elle frôle constamment la tentation la plus poignante, la plus suave, la plus parée de tous les attraits : celle de se venger.

Il arrive que, trop faible, ou trop aimante, elle tue... Elle pourra offrir à l'étonnement du monde entier l'exemple de cette déconcertante résistance féminine. Elle lassera ses juges, les surmènera au cours des interminables audiences, les abandonnera recrus, comme une bête rouée promène des chiens novices... Soyez sûrs qu'une longue patience, que des chagrins jalousement cachés ont formé, affiné, durci cette femme dont on s'écrie :

— Elle est en acier !

Elle est « en femme », simplement — et cela suffit.

La solitude... la liberté... mon travail plaisant et pénible de mime et de danseuse... les muscles heureux et las, le souci nouveau, et qui délasse de l'autre, de gagner moi-même mon repas, ma robe, mon loyer... voilà quel fut, tout de suite, mon lot, mais aussi la défiance sauvage, le dégoût du milieu où j'avais vécu et souffert, une stupide peur de l'homme, des hommes, et des femmes aussi... Un besoin maladif d'ignorer ce qui se passait autour de moi, de n'avoir auprès de moi que des êtres rudimentaires, qui ne penseraient presque pas... Et cette bizarrerie encore, qui me vint très vite, de ne me sentir isolée, défendue de mes semblables, que sur la scène, — car, Brünnhild désabusée, je ne crains même plus Siegfried, et la barrière de feu me garde contre tous !...

Encore un dimanche !... Et, comme le froid clair a succédé au froid noir, nous avons pris notre récréation hygiénique, la chienne et moi, au Bois, entre onze heures et midi, — après le déjeuner, il y a matinée... Cette bête me ruine. Sans elle, je pourrais atteindre le Bois en métro, mais elle me donne du plaisir pour mes trois francs de taxi. Noire comme une truffe, elle reluit au soleil, astiquée à la brosse et au chiffon de flanelle, et le bois tout entier lui appartient, qu'elle possède à grand bruit de ronflements porcins, d'aboiements parmi les feuilles sèches remuées...

Beau dimanche et joli Bois de Boulogne ! C'est notre forêt, notre parc, à Fossette et à moi, vagabondes citadines qui ne connaissons plus guère la campagne, sauf l'été... Fossette court plus vite que moi, mais je marche plus vite qu'elle, et, quand elle ne joue pas « au train de ceinture », les yeux saillants et fous, la langue dehors, elle me suit à une allure traquenardeuse, un petit trot galopé et décousu qui fait rire les gens.

Le fin brouillard rose filtre le soleil, un soleil dépoli qu'on peut admirer en face... Des pelouses découvertes monte un encens tremblant et argenté, qui fleure le champignon. La voilette colle à mon nez, et tout mon corps réchauffé par la course, cinglé par le froid, s'élance... En vérité, qu'y a-t-il de changé en moi, depuis ma vingtième année ? Par une telle matinée d'hiver, au plus beau de l'adolescence, je n'étais ni plus solide, ni plus élastique, ni plus animalement heureuse ?...

Hélas ! je puis le croire, tant que dure ma course à travers le Bois... Au retour, c'est ma fatigue qui me détrompe. Ce n'est plus *la même* fatigue. À vingt ans, j'aurais joui sans arrière-pensée de ma passagère lassitude, dans un demi-songe assoupi. La fatigue, aujourd'hui, commence à me devenir amère et comparable à une tristesse du corps...

Fossette est née chienne de luxe et cabotine : le *plateau* la passionne, et elle a la manie de vouloir monter dans toutes les automobiles de maître... C'est pourtant Stéphane-le-Danseur qui me l'a vendue, et Fossette n'a pas fait de stage chez une actrice fortunée. Stéphane-le-Danseur est un camarade. Il travaille en ce moment dans ma « boîte », à l'Empyrée-Clichy. Ce Gaulois blond, que la tuberculose ronge un peu tous les ans, voit fondre ses biceps, ses cuisses roses qu'un duvet d'or irise, les beaux pectoraux dont il était justement fier. Déjà il a dû quitter la boxe pour la danse et le skating à roulettes... Il rinke ici sur la scène inclinée ; entre temps, il s'est « mis » professeur de danse — il élève aussi des bouledogues d'appartement. Il tousse beaucoup cet hiver. Souvent, le soir, il entre dans ma loge, tousse, s'assied et me propose l'achat d' « une chienne bull bringée gris, toute beauté, qui n'a pas eu le premier prix cette année pour une question de jalousie... »

Pauvre type !... Justement, j'arrive aujourd'hui au corridor souterrain percé de box carrés, qui mène à ma loge, au moment où Stéphane-le-Danseur quitte le plateau. Mince à la taille, large aux épaules, serré dans son dolman polonais vert-myrte bordé de faux chinchilla, la toque de fourrure sur l'oreille, c'est encore un beau miroir à femelles que ce gars-là, avec ses yeux bleus et ses joues frottées de rose... Mais il maigrit, il maigrit lentement, et ses succès féminins hâtent son mal...

— Salut !
— Salut, Stéphane ! Du monde ?
— Et comment ! Je me demande ce qu'ils f... ici, ces c...-là, quand il fait si beau à la campagne... Dites donc, vous n'auriez pas besoin... on m'a parlé d'une chienne shipperke qui pèse six cents grammes... une occasion que j'aurais par une connaissance...
— Six cents grammes !... merci, mon appartement est trop petit !

Il veut bien rire et n'insiste pas. Je les connais, les chiennes shipperkes de six cents grammes que vend Stéphane ! Elles pèsent dans les trois kilos. Ce n'est pas de la malhonnêteté, c'est du commerce.

Qu'est-ce qu'il fera, Stéphane-le-Danseur, quand il en sera à son dernier poumon, quand il ne dansera plus, quand il ne pourra plus coucher avec des petites bonnes femmes qui lui paient des cigares, des cravates et des apéritifs ?... Quel hôpital, quel asile recueillera sa belle carcasse vidée ?... Ah ! que tout cela n'est pas gai, et que c'est donc insupportable, la misère de tant de gens !...

— Salut, Bouty ! Salut, Brague !... On n'a pas de nouvelles de Jadin ?

Brague hausse les épaules, sans répondre, absorbé par le fignolage de ses sourcils, qu'il dessine en violet foncé parce que « ça fait plus féroce ». Il a un certain bleu pour les rides, un certain rouge orangé pour le dedans des lèvres, une certaine ocre pour le fond de teint, un certain carmin sirupeux pour le sang qui coule, et surtout un certain blanc pour les masques de Pierrot « dont je ne donnerais pas, assure-t-il, la recette à mon propre frère ! » D'ailleurs, il dose fort adroitement sa petite manie polychrome, et je ne connais pas d'autre ridicule à ce mime intelligent, presque trop consciencieux.

Bouty, tout maigre dans son flottant vêtement à carreaux, me fait un signe mystérieux.

— Je l'ai vue, moi, la môme Jadin. Je l'ai vue au boulevard, avec un type. Elle avait des plumes comme ça ! et puis un manchon comme ça ! et une gueule à s'emm…er à cent francs de l'heure !

— Si elle les touche, les cent francs de l'heure, elle n'a pas à se plaindre ! interrompt Brague, logique.

— Je ne te dis pas, mon vieux. Mais elle ne restera pas au boulevard ; c'est une fille qui ne connaît rien à l'argent. Il y a longtemps que je la suis, moi, Jadin ; sa mère et elle demeuraient dans ma cour…

De ma loge ouverte, en face de celle de Brague, je vois le petit Bouty, qui s'est tu brusquement sans achever sa phrase. Il a posé son demi-litre de lait cacheté, pour le tiédir, sur le tuyau du « calo » qui traverse les loges à ras de terre. Sa figure grimée en rouge brique et blanc craie ne laisse pas deviner grand-chose de son vrai visage ; pourtant, il me semble bien que ce pauvre petit Bouty, depuis le départ de Jadin, se déprime davantage…

Pour blanchir et poudrer mes épaules, mes genoux truffés de « bleus », — Brague n'y va pas de main morte quand il me jette à terre ! — je ferme la porte, assurée d'ailleurs que Bouty ne dira rien de plus. Comme les autres, — comme moi-même, — il ne parle presque jamais de sa vie privée. C'est ce silence, cette pudeur obstinée qui m'abusa sur ses camarades, à mes débuts au music-hall. Les plus expansifs, les plus vaniteux parlent de leurs succès, de leurs ambitions artistiques, avec l'emphase et le sérieux obligatoires ; les plus méchants vont jusqu'au débinage de la « boîte » et des copains ; les plus bavards ressassent des blagues de plateau et d'atelier, — un sur dix, au plus, éprouve le besoin de dire : « J'ai une femme, j'ai deux gosses, — ma mère est malade, — je suis bien tourmenté de ma petite amie… »

Le silence qu'ils gardent sur leur vie intime ressemble à une manière polie de vous dire : « Le reste ne vous regarde pas. » Le blanc-gras ôté, le foulard et le chapeau remis, ils se séparent, disparaissent avec une promptitude où je veux discerner autant de fierté que de discrétion. Fiers, ils le sont presque tous, et pauvres : le « camarade-tapeur » est, au music-hall, une exception. Ma muette sympathie, qui, depuis trois ans, s'éclaire et s'informe, s'attache à eux tous, sans en préférer aucun.

Les artistes de café-concert... Qu'ils sont mal connus, et décriés, et peu compris ! Chimériques, orgueilleux, pleins d'une foi absurde et surannée dans l'Art ; eux seuls, eux, les derniers, osent encore déclarer, avec une fièvre sacrée :

— Un *artiste* ne doit pas... un *artiste* ne peut accepter... un *artiste* ne consent pas...

Fiers, certes, car, s'ils ont aux lèvres, souvent, un « Cochon de métier ! » ou « Saloperie de vie ! » je n'ai jamais entendu l'un d'eux soupirer : « Je suis malheureux... »

Fiers et résignés à n'exister que pendant une heure sur vingt-quatre ! Car l'injuste public, même s'il les applaudit, les oublie après. Un journal pourra veiller, avec une sollicitude indiscrète, sur l'emploi du temps de Mlle X... du Français, dont les opinions sur la mode, la politique, la cuisine et l'amour occuperont chaque semaine l'oisiveté du monde entier... mais, pauvre petit Bouty intelligent et tendre, qui donc daignera se demander ce que vous faites, ce que vous pensez, ce que vous taisez, quand l'obscurité vous a ressaisi et que vous filez le long du boulevard Rochechouart, vers minuit, presque transparent de minceur dans votre long paletot « genre anglais » qui vient de la Samaritaine ?...

Pour la vingtième fois, je me rabâche, à moi toute seule, ces choses pas gaies. Et mes doigts, pendant ce temps, font alertement, inconsciemment, leur besogne habituelle : blanc-gras, rose-gras, poudre, rose sec, bleu, marron, rouge, noir... Je termine à peine, lorsqu'une griffe dure gratte le bas de ma porte. J'ouvre tout de suite, car c'est la patte quémandeuse d'une petite terrière brabançonne qui « travaille » dans la première partie du spectacle.

— Te voilà, Nelle !

Elle entre, assurée, sérieuse comme une employée de confiance, et me laisse caresser ses petits reins tout fiévreux de l'exercice, pendant que ses dents, un peu jaunies par l'âge, effritent un gâteau sec.

Nelle est rouquine de poil, luisante, avec un masque noir d'ouistiti où brillent de beaux yeux d'écureuil.

— Tu veux encore un gâteau, Nelle ?

Bien élevée, elle accepte, sans sourire. Derrière elle, dans le couloir, sa famille l'attend. Sa famille, c'est un grand homme sec, silencieux, impénétrable, et qui ne parle à personne, plus deux colleys blancs, courtois, qui ressemblent à leur maître. D'où vient cet homme-là ? Quels chemins l'ont amené jusqu'ici, lui et ses colleys, pareils à trois princes déchus ? Son coup de chapeau, son geste, sont d'un homme du monde, comme sa longue figure coupante... Mes camarades, peut-être divinateurs, l'ont baptisé « l'Archiduc ».

Il attend, dans le couloir, que Nelle ait fini son gâteau. Il n'y a rien de plus triste, de plus digne, de plus dédaigneux, que cet homme et ses trois bêtes, orgueilleusement résignés à leur sort de vagabonds.

— Adieu, Nelle...

Je ferme la porte, et les sonnailles de la petite chienne s'éloignent... La reverrai-je ? c'est ce soir la fin d'une quinzaine, et peut-être la fin d'un stage pour « Antonieff et ses chiens »... Où vont-ils ? où brilleront les beaux yeux marrons de Nelle, qui me disent si clairement : « Oui, tu me caresses... oui, tu m'aimes... oui, tu as pour moi une boîte de gâteaux secs... mais demain, ou le jour d'après, nous partirons !... Ne me demande rien de plus que ma politesse de petite chienne gentille, qui sait marcher sur ses pattes de devant et faire le saut périlleux. Comme le repos et la sécurité, la tendresse est pour nous un luxe inaccessible... »

De huit heures du matin à deux heures de l'après-midi, par le temps clair, mon rez-de-chaussée bénéficie, entre deux falaises de maisons neuves, d'une échappée de soleil. Un pinceau étincelant touche d'abord mon lit, s'y élargit en napperon carré, et le couvre-pied envoie au plafond un reflet rose...

J'attends, paresseuse, que le soleil atteigne mon visage, m'éblouisse à travers mes paupières fermées, — et l'ombre des piétons passe sur moi, rapide, comme une aile sombre et bleue... Ou bien je jaillis de mon lit, galvanisée, et je commence quelque fiévreux récurage : les oreilles de Fossette subissent un sondage délicat, et son poil brille sous la brosse dure... Ou bien j'inspecte, sous la grande lumière impitoyable, tout ce qui faiblit en moi, déjà : soie fragile des paupières, coin de la bouche que le sourire commence à marquer d'un pli triste, et, autour de mon cou, ce triple collier de Vénus qu'une main invisible enfonce, chaque jour, un peu plus dans ma chair...

C'est ce sévère examen que trouble, aujourd'hui, la visite de mon camarade Brague, toujours vif, sérieux, éveillé. Je le reçois comme dans ma loge, couverte à peine d'un kimono de crépon, où les pattes de Fossette ont ajouté, un jour de pluie, de petites fleurs grisâtres à cinq pétales...

Pas besoin, pour Brague, de poudrer mon nez, ni d'exagérer, d'un trait bleu, la longueur de mes paupières... Brague ne me regarde qu'aux répétitions, pour me dire :

— Fais pas ça : c'est laid... N'ouvre pas la bouche en hauteur : t'as l'air d'un poisson... Ne cligne pas les yeux : t'as l'air d'un rat blanc... Ne remue pas ton derrière en marchant : t'as l'air d'une jument...

C'est Brague qui a guidé, sinon mes premiers pas, du moins mes premiers gestes sur la scène, et, si je lui témoigne encore une confiance d'élève, il n'oublie pas non plus de me traiter, souvent, en « amateur intelligent », c'est-à-dire qu'il montre quelque impatience de la discussion et tient à faire prévaloir son avis...

Ce matin, il entre, colle ses cheveux à sa nuque, avec le geste d'enfoncer une perruque, et, comme sa figure catalane, rasée, garde toujours ce sérieux éveillé qui la rend caractéristique, je me demande s'il apporte une bonne ou une mauvaise nouvelle... Il toise mon rayon de soleil comme un objet de prix et regarde les deux fenêtres :

— Combien s'que tu le payes, ton rez-de-chaussée ?

— Je te l'ai déjà dit : dix-sept cents.

— Et tu as l'ascenseur, encore !... Chouette soleil, on se croirait à Nice !... C'est pas tout ça : nous avons une soirée.

— Quand ?

— Quand ? mais ce soir !

— Oh !

— Quoi « oh » ? Ça te dérange ?

— Non. C'est la pantoche qu'on emmène ?

— Pas de pantoche, c'est trop sérieux. Tes danses. Et je leur ferai mon *Pierrot neurasthénique*.

Je me lève, sincèrement effarée :

— Mes danses ! Mais je ne peux pas ! Et puis j'ai perdu ma musique à Aix ! Et puis la petite qui m'accompagne a changé d'adresse... Si, au moins, on avait deux jours devant soi...

— Pas moyen ! dit Brague, impossible. Ils avaient Badet au programme, et elle est malade.

— C'est ça ! c'est complet ! passer en bouche-trou ! Joue ton *Pierrot* si tu veux, je ne danse pas !

Brague allume une cigarette, et laisse tomber ces deux mots :

— Cinq cents.

— Pour nous deux ?

— Pour toi. J'ai autant.

Cinq cents !... Le quart de mon loyer... Brague fume, sans me regarder : il sait bien que j'accepte.

— Évidemment, cinq cents... Quelle heure ?

— Minuit, naturellement. Grouille-toi pour ta musique et tout, s'pas ? Bonsoir. À ce soir... Ah ! dis donc, Jadin est revenue !

Je rouvre la porte qu'il fermait déjà :

— Pas possible ! quand ?

— Hier, à minuit, tu venais de partir... Une gueule !... Tu la verras : elle rechante à la boîte... Dix-sept cents, tu dis ?... C'est épatant. Et des femmes à tous les étages !

Il s'en va, grave et égrillard.

Une soirée... Le cachet en ville... Brr ! ces trois mots-là ont le don de me démoraliser. Je n'ose pas le dire à Brague, mais je me l'avoue, en regardant dans la glace ma figure d'enterrement, avec un petit frisson de lâcheté qui me grippe la peau du dos...

Les revoir, *eux*... Eux, que j'ai quittés violemment, ceux qui m'appelaient « Madame Renée » autrefois, avec cette affectation de ne me donner jamais le nom de mon mari... Eux, — et *elles* ! Elles qui me trahissaient avec mon mari, eux qui me savaient trahie...

Le temps n'est plus où je voyais dans toute femme une maîtresse d'Adolphe, actuelle ou probable, et les hommes n'ont jamais fait grand-peur à l'épouse éprise que je fus. Mais j'ai gardé une terreur imbécile et superstitieuse des salons où je puis rencontrer des témoins, des complices de mon malheur passé...

Ce cachet en ville gâte, d'abord, mon déjeuner en tête-à-tête avec Hamond, un peintre déjà démodé, mon vieux, fidèle, et débile ami, qui vient manger ses pâtes bouillies chez moi, de temps en temps... Nous nous parlons peu, il appuie au dossier d'une bergère sa tête de Don Quichotte malade, et, après le déjeuner, on joue tous les deux à se faire du chagrin. Il me parle d'Adolphe Taillandy, non pour me peiner, mais pour évoquer un temps où lui, Hamond, était heureux. Et moi, je l'entretiens de sa jeune et méchante femme, épousée follement, partie quatre mois après avec je ne sais qui...

Nous nous payons des après-midi de mélancolie noire, qui nous laissent éreintés, la figure vieillie, amère, la bouche sèche d'avoir redit tant de choses désolantes, et jurant de ne plus recommencer... Le samedi suivant nous réunit à ma table, contents de nous revoir, impénitents : Hamond a retrouvé une anecdote inédite sur Adolphe Taillandy, et d'un tiroir j'ai exhumé, pour voir mon meilleur ami renifler ses larmes, un instantané d'amateur où je tiens par le bras une petite Mme Hamond blonde, agressive, droite comme un serpent sur sa queue...

Mais, ce matin, notre déjeuner ne marche pas. Hamond, guilleret et gelé, m'a pourtant apporté du beau raisin noir de décembre, d'un bleu de prune, dont chaque grain est une petite outre pleine d'eau insipide et douce, — ce maudit cachet en ville assombrit toute ma journée.

À minuit un quart, nous arrivons avenue du Bois, Brague et moi. Le bel hôtel ! on doit s'y ennuyer somptueusement... L'imposant serviteur qui nous conduit dans le « salon réservé aux artistes » m'offre son aide pour quitter mon manteau fourré ; je refuse avec aigreur : pense-t-il que je vais attendre, vêtue de quatre colliers bleus, d'un scarabée ailé et de quelques mètres de gaze, le bon plaisir de ces messieurs et dames ?

Beaucoup mieux élevé que moi, l'imposant serviteur n'insiste pas et nous laisse seuls. Brague s'étire devant une glace, devenu, sous son masque blanc, dans sa flottante souquenille de Pierrot, d'une minceur immatérielle... Il n'aime pas non plus le cachet en ville. Non que la

« barrière de feu » entre lui et *eux* lui manque autant qu'à moi, mais il prise peu ce qu'il nomme le « client » des salons, et rend au spectateur mondain un peu de la malveillante indifférence qu'il nous témoigne :

— Penses-tu, dit Brague en me tendant un petit carton, que *ces gens-là* seront jamais foutus d'écrire mon nom proprement ? Ils m'appellent Brag*n*e sur leurs programmes !

Très froissé, au fond, il disparaît, en pinçant sa mince bouche saignante, sous une portière de verdures, car un autre imposant serviteur vient de l'appeler, courtoisement, par son nom estropié.

Dans un quart d'heure, ce sera mon tour… Je me mire et me trouve laide, privée de l'électricité crue qui, dans ma loge, nappe les murs blancs, baigne les miroirs, pénètre et veloute le maquillage… Y aura-t-il un tapis sur l'estrade ? S'ils pouvaient s'être fendus, comme dit Brague, d'une petite rampe… Cette perruque de Salomé étreint mes tempes et renforce ma migraine… J'ai froid…

— À ton tour, ma vieille ! Va leur vendre ta petite affaire !

Brague, revenu, a déjà épongé sa figure blanche rayée de filets de sueur et endossé son manteau tout en parlant :

— Du monde très bien, ça se voit. Ils ne font pas trop de foin. Ils causent, quoi ! mais ils ne rigolent pas trop haut… Tiens, voilà les deux francs quinze pour ma part de taxi-auto… Moi, je rentre.

— Tu ne m'attends pas ?

— Pourquoi faire ? Tu vas aux Ternes, et moi à Montmartre : ça ne colle pas. Et puis je donne une leçon demain matin, à neuf heures… Bonsoir, à demain.

Allons ! c'est mon tour. Ma petite pianiste rachitique est à son poste. Je roule autour de moi, d'une main que le trac rend nerveuse, le voile qui constitue presque tout mon costume, un voile rond, violet et bleu, qui mesure quinze mètres de tour…

Je ne distingue rien, d'abord, à travers le fin treillis de ma cage de gaze. Mes pieds nus, conscients, tâtent la laine courte et dure d'un beau tapis de Perse… Hélas ! il n'y a pas de rampe…

Un bref prélude éveille et tord la chrysalide bleuâtre que je figure, délie lentement mes membres. Peu à peu, le voile se desserre, s'enfle, vole et retombe, me révélant aux yeux de ceux qui sont là, qui ont tu, pour me regarder, leur enragé bavardage…

Je les vois. Malgré moi, je les vois. Ô flamme protectrice, qui te pourrait contraindre à jaillir sous mes pas !… En dansant, en rampant, en tournant, je les vois, — et je les reconnais !…

Il y a là, au premier rang, une femme encore jeune, qui fut, assez longtemps, la maîtresse de mon ex-mari. Elle ne m'attendait pas ce soir, et je ne songeais pas à elle... Ses yeux bleus douloureux, sa seule beauté, expriment autant de stupeur que de crainte... Ce n'est pas moi qu'elle craint ; mais ma présence soudaine l'a remise, sans ménagement, en face de son souvenir, elle qui a souffert par Adolphe, elle qui aurait tout quitté pour lui, qui voulait, avec de grands cris, des larmes bruyantes et imprudentes, tuer son mari, me tuer aussi, et s'enfuir avec Adolphe. Il ne l'aimait déjà plus, lui, et la trouvait pesante. Il me la confiait pendant des journées entières, avec la mission — que dis-je ? l'ordre ! — de ne la ramener qu'à sept heures, et il n'y eut jamais de tête-à-tête plus navrants que ceux de ces deux femmes trahies qui se haïssaient. Quelquefois, la pauvre créature, à bout de forces, fondait en pleurs humiliés, et je la regardais pleurer, impitoyable à ses larmes, orgueilleuse de retenir les miennes...

Elle est là, au premier rang. On a utilisé tout l'espace disponible, et sa chaise est si près de l'estrade que je pourrais, d'une caresse ironique, effleurer ses cheveux, qu'elle teint en blond parce qu'ils blanchissent. Elle a vieilli depuis quatre ans, et elle me regarde avec terreur. Elle contemple à travers moi son péché, son désespoir, son amour qui a peut-être fini par mourir...

Derrière elle, je reconnais aussi cette autre... et puis celle-ci encore... Elles venaient boire du thé chaque semaine chez moi, quand j'étais mariée. Elles ont peut-être couché avec mon mari. Cela n'a pas d'importance... Aucune ne semble me connaître, mais quelque chose marque qu'elles m'ont reconnue, car l'une feint la distraction et parle bas avec animation à sa voisine, l'autre exagère sa myopie, et la troisième, qui s'évente et secoue la tête, chuchote obstinément :

— Quelle chaleur ! mais quelle chaleur !

Elles ont changé leurs coiffures, depuis l'année où je faussai compagnie à tout ce « vrai monde », à tous ces faux amis... Elles portent, toutes, l'obligatoire bonnet de cheveux postiches, couvrant les oreilles, noué d'un large bandeau de ruban ou de métal, qui leur donne un air convalescent et pas lavé... On ne voit plus de nuques tentantes, ni de tempes vaporeuses, on ne voit plus que de petits mufles, — mâchoires, menton, bouche, nez, — qui prennent, cette année, un véridique et frappant caractère de bestialité...

Sur les côtés, et au fond, il y a une ligne sombre d'hommes, debout. Ils se pressent et se penchent, avec cette curiosité, cette courtoisie rossarde de l'homme du monde pour la femme dite « déclassée », — pour celle à qui l'on baisa le bout des doigts dans son salon et qui danse maintenant, demi nue, sur une estrade...

Allons, allons ! je suis trop lucide, ce soir, et si je ne me reprends, ma danse va en pâtir... Je danse, je danse... Un beau serpent s'enroule sur le tapis de Perse, une amphore d'Égypte se penche, versant un flot de cheveux parfumés, — un nuage s'élève et s'envole, orageux et bleu, une bête féline s'élance, se replie, — un sphinx, couleur de sable blond, allongé, s'accoude, les reins creusés et les seins tendus... Je n'oublie rien, je me suis ressaisie. Allons, allons ! Ces gens-là existent-ils ?... Non, non, il n'y a de réel que la danse, la lumière, la liberté, la musique... Il n'y a de réel que rythmer sa pensée, la traduire en beaux gestes. Un seul renversement de mes reins, ignorants de l'entrave, ne suffit-il pas à insulter ces corps réduits par le long corset, appauvris par une mode qui les exige maigres ?

Il y a mieux à faire qu'à les humilier : je veux, pour un instant seulement, les séduire ! Un peu d'effort encore : déjà les nuques, chargées de bijoux et de cheveux, me suivent d'un vague balancement obéissant... Voici que va s'éteindre, dans tous ces yeux, la vindicative lumière, — voici que vont céder et sourire, ensemble, toutes ces bêtes charmées...

La fin de la danse, le bruit, — fort discret, — des applaudissements coupent l'enchantement. Je disparais, pour revenir saluer, d'un sourire circulaire... Au fond du salon, une silhouette d'homme gesticule et crie « Bravo ! » Je connais cette voix-là, et ce grand mannequin noir...

Mais c'est mon idiot de l'autre soir ! C'est le grand serin !... Je n'en puis douter longtemps, d'ailleurs, en le voyant entrer, tête baissée, dans le petit salon où me rejoint ma pianiste. Il n'est pas seul, il est accompagné d'un autre grand serin noir, qui a bien la tournure d'être le maître de la maison.

— Madame..., salue celui-ci.

— Monsieur...

— Voulez-vous me permettre de vous remercier d'avoir bien voulu prêter, à l'improviste, votre concours à... et de vous exprimer toute l'admiration...

— Mon Dieu, Monsieur...

— Je suis Monsieur Dufferein-Chautel.

— Ah ! parfaitement...

— Et voici mon frère, Maxime Dufferein-Chautel, qui désire si vivement vous être présenté...

Mon grand serin d'hier resalue, et réussit à prendre, à baiser une main qui s'occupait à rassembler le voile bleu... Puis il reste debout et ne dit rien, beaucoup moins à son aise que dans ma loge...

Cependant, Dufferein-Chautel n° 1 froisse, avec embarras, une enveloppe fermée :

— Je... j'ignore si c'est à M. Salomon, votre impresario... ou bien à vous-même que je dois remettre...

Dufferein-Chautel n° 2, soudain cramoisi sous sa peau brune, lui jette un coup d'œil furieux et blessé, et les voilà tous deux aussi serins l'un que l'autre !

Qu'y a-t-il là d'embarrassant ? Je les tire gaiement de peine :

— Mais à moi-même, Monsieur, c'est tout simple ! Donnez-moi cette enveloppe, ou plutôt glissez-la dans ma musique, — car je vous avoue en confidence que mon costume de danseuse n'a pas de poches !...

Ils éclatent de rire, tous les deux d'un rire soulagé et polisson, et, déclinant l'offre sournoise de Dufferein-Chautel n° 2, qui craint pour moi les apaches des Ternes, je puis rentrer, seule, serrer joyeusement ma grande coupure de cinq cents francs, me coucher, et dormir...

Pour glisser ma main dans la boîte où l'on dépose le courrier — une caissette clouée au flanc du comptoir des contrôleurs, — je dérange, ce soir vendredi, un beau « mac » en casquette, un des types très classiques dont le quartier fourmille.

Quoique popularisé par l'image, la charge, le théâtre et le café-concert, le « barbeau » reste fidèle au chandail ou à la chemise de couleur sans col, à la casquette, au veston que les mains, plongées dans les poches, brident flatteusement sur les reins, à la cigarette éteinte et aux muettes pantoufles...

Le samedi et le dimanche, ces messieurs emplissent la moitié de notre Empyrée-Clichy, bordent la galerie, et se fendent de 2 fr. 25 pour retenir d'avance les sièges de canne qui touchent la scène. Ce sont des fidèles, des passionnés, qui dialoguent avec les artistes, les sifflent, les acclament, et savent placer le mot grivois, l'exclamation scatologique qui déchaînent la salle entière.

Il arrive que leur succès les grise, et alors cela tourne à l'émeute. D'une galerie à l'autre, on échange, en savoureux argot, des dialogues étudiés, puis des cris, et les projectiles suivent, précurseurs eux-mêmes de la prompte arrivée des agents... Il est bon que l'artiste en scène attende, le visage neutre et le maintien modeste, la fin de l'orage, s'il ne veut pas voir changer la trajectoire des oranges, des programmes en boule et des petits sous. La simple prudence lui conseille aussi de ne point poursuivre sa chanson interrompue.

Mais ce sont là, je le répète, des orages brefs, des escarmouches réservées aux samedis et aux dimanches. Le service d'ordre est très bien fait à l'Empyrée-Clichy, où l'on sent la poigne de Mme la Directrice, — la Patronne !

Brune et vive, couverte de bijoux, la patronne trône, ce soir, comme tous les soirs, au contrôle. Ses yeux brillants et agiles voient tout, et les garçons de salle ne se risquent pas à oublier, le matin, la poussière des coins sombres. Ils foudroient en ce moment, ces terribles yeux, un authentique, costaud et considérable apache venu pour acheter le droit d'occuper, contre la scène, un des meilleurs sièges cannés, ceux du premier rang, ceux où l'on se carre en crapaud, les bras sur le balcon, le menton sur les mains croisées.

La Patronne le rembarre sans tumulte, mais de quel air de dompteuse !

— Rentre tes quarante-cinq sous, et file !

Le costaud, bras ballants, se balance comme un ours :

— Pourquoi ça, Madame Barnet ? Quoi que j'ai fait ?

— Oui, oui, « quoi que j'ai fait ? » Tu crois que je ne t'ai pas vu, samedi dernier ? C'est toi qui étais au fauteuil *un* de la galerie, hein ?

— Si on peut dire !

— C'est toi qui t'es levé pendant la pantomime, hein ? pour dire : « Elle me montre qu'un nichon, je veux y voir les deux ! j'ai payé deux linvés, un par nichon ! »

Le costaud, cramoisi, se défend, une main sur le cœur :

— Moi ! moi ! Voyons, Madame Barnet, je sais me tenir, je sais que c'est pas des choses à faire ! Je vous promets, Madame Barnet, que c'est pas moi qui...

La reine de l'Empyrée étend une dextre impitoyable.

— Pas de couleurs ! Je t'ai vu, n'est-ce pas ? ça suffit. Tu n'auras pas de place avant huit jours d'ici. Rentre tes quarante-cinq sous ! et que je ne te revoie pas avant samedi ou dimanche prochain ! Et file !

La sortie du costaud, consigné pour huit jours, vaut bien que je perde encore quelques minutes. Il s'en va sur ses feutres silencieux, le dos rond, et ne reprend que sur le trottoir sa gueule insolente. Mais le cœur n'y est pas, l'allure est forcée, et, pour un peu de temps, il n'y a pas de différence entre cette bête dangereuse et le gosse qu'on a privé de dessert...

Sur l'escalier de fer, en même temps que le souffle montant du calorifère qui sent le plâtre, le charbon et l'ammoniaque, m'arrive en bouffée la voix de Jadin... Ah ! la petite rosse ! Elle l'a retrouvé et repris, son public de quartier ! Il n'y a qu'à entendre, là-bas, le rire orageux, le grondement de bête contente et caressée dont il l'accompagne et la soutient.

Ce contralto râpeux et chaud, voilé déjà par la noce et peut-être un commencement de phtisie, gagne le cœur, — par les chemins les plus bas et les plus sûrs. Qu'un directeur « avisé et artiste » se fourvoie jusqu'ici, qu'il entende Jadin, il s'écriera :

— Je la prends, je la lance, et dans trois mois vous verrez ce que j'en fais !

Une ratée orgueilleuse et aigrie, voilà ce qu'il en fera... Les expériences de ce genre n'encouragent guère : où brillera-t-elle mieux qu'ici, la Jadin mal peignée ?

La voici sur l'escalier, telle, ma foi, qu'elle est partie, avec sa robe trop longue qu'effrangent ses talons, son fichu Marie-Antoinette, jauni par la fumée de la salle, qui bâille sur une maigreur efflanquée et jeune, son épaule de biais et sa bouche rossarde, sa lèvre relevée dont le duvet garde une moustache de poudre...

J'ai un vif et vrai plaisir à la revoir, cette enfant mal embouchée ; elle, de son côté, dégringole les dernières marches pour tomber sur moi et me serrer les mains dans ses pattes chaudes : sa « bombe » nous a, on ne sait comment, rapprochées...

Elle me suit dans ma loge, où je risque un reproche discret :

— Jadin, c'est dégoûtant, vous savez ! on ne lâche pas les gens comme ça !

— J'ai été voir ma mère, dit Jadin avec un grand sérieux.

Mais elle se voit mentir dans la glace, et toute sa figure enfantine se fend de rire, devient large et bridée comme celle des angoras très jeunes...

— Croyez-vous, hein ?... On a dû se barber, ici, sans moi !

Elle rayonne d'un confiant orgueil, surprise, au fond, que l'Empyrée-Clichy n'ait pas, en son absence, fermé les guichets...

— J'ai pas changé, hein ?... Oh ! les belles fleurs ! Vous m'excusez ?

Sa main rapide de chapardeuse, habile à filouter naguère les oranges des étalages, a saisi une grosse rose pourpre, avant que j'aie seulement ouvert la petite enveloppe fichée au flanc d'une grande gerbe de fleurs, qui m'attendait debout sur la tablette à maquillage :

Maxime Dufferein-Chautel
avec ses respectueux hommages.

Dufferein-Chautel ! Enfin, j'ai retrouvé le nom du grand serin ! Depuis l'autre soir, trop paresseuse pour ouvrir un *Tout-Paris*, je l'appelle tour à tour Thureau-Dangin, Dujardin-Beaumetz, ou Duguay-Trouin...

— J'ose dire que c'est des fleurs ! dit Jadin pendant que je me déshabille. C'est de votre ami ?

Je proteste, avec une sincérité inutile :

— Non, non ! c'est quelqu'un qui me remercie... pour une soirée...

— Tant pire ! décrète Jadin compétente. C'est des fleurs d'homme bien. Le type avec qui je m'ai cavalé l'autre jour, m'en a donné des comme ça...

J'éclate de rire : Jadin discourant sur la qualité des fleurs et des

« types » est irrésistible... Elle devient toute rouge sous sa farine de poudre et s'offense :

— Ah ! quoi ? Vous ne le croyez pas que c'était un homme bien, peut-être ? Et demandez voir à Canut, le chef-machiniste, ce que j'ai rapporté comme galette, hier au soir, que vous veniez de partir !

— Combien ?

— Seize cents francs, ma chère ! Canut les a vus : c'est pas une craque !

Ai-je l'air assez pénétré ? J'en doute...

— Et qu'est-ce que vous allez en faire, Jadin ?

Elle tire, insouciante, sur les fils qui pendent de sa vieille robe blanche et bleue :

— Pas des conserves, probable. J'ai payé la tournée aux machinistes. Et puis j'ai prêté — qu'elle dit ! — cinquante balles à Myriame pour payer sa pelure, et puis y a l'une, y a l'autre qui rappliquent, qui disent qu'elles sont sans un... Est-ce que je sais !... Tiens, v'là Bouty ! Salut, Bouty.

— Salut à la bombeuse !

Bouty, ayant constaté courtoisement qu'un kimono couvre mon déshabillé, pousse la porte de ma loge et secoue la main que tend Jadin, en répétant « Salut ! » avec un geste rogue et une voix tendre... Mais Jadin l'oublie tout de suite, et continue, debout derrière moi et s'adressant à mon image dans la glace :

— Vous comprenez, ça me fait mal au cœur d'avoir *tant d'argent que ça* !

— Mais... vous allez vous acheter des robes... tout au moins une... pour remplacer celle-ci ?

Elle rejette, d'un revers de main, ses cheveux légers et plats qui se défont en mèches fines :

— Pensez-vous ? Cette robe-là peut très bien faire jusqu'à la revue ! Qu'est-ce qu'*ils* diraient, de voir que je vas *en bas* ramasser du pèze pour ramener ici des robes de gommeuse !...

Elle a raison. *Ils*, c'est son fameux public de quartier, exigeant, jaloux, qu'elle a un peu trompé, et qui lui pardonne, pourvu qu'elle reparaisse devant lui mal nippée, mal chaussée, fichue comme quatre sous, mais telle qu'avant la fugue, avant la faute...

Après une pause, Jadin reprend, très à l'aise devant le silence gêné de Bouty :

— Moi, vous comprenez, je me suis acheté ce que j'avais le plus besoin : un chapeau et un manchon avec une écharpe de cou. Mais un chapeau ! vous le verrez tout à l'heure... À revoir. Tu restes, Bouty ?... Bouty, je suis riche, tu sais ? Je te paie ce que tu veux !

— Très peu pour moi, merci.

Bouty se révèle singulièrement froid et désapprobateur. Si je disais tout haut qu'il aime Jadin, je me couvrirais de ridicule. Il faut donc me contenter de le penser.

Le petit comique s'en va un peu après, et je reste seule avec ma gerbe de roses, une grande gerbe banale, serrée dans une ceinture de ruban vert pâle... C'est bien la gerbe d'un « grand serin » tel que mon nouvel amoureux !

« Avec ses respectueux hommages... » J'ai connu, depuis trois ans, pas mal d'hommages, si j'ose dire, mais qui n'avaient rien de respectueux. Et mon vieux bourgeoisisme, qui veille, s'épanouit en secret, comme s'ils ne demandaient pas, ces hommages-ci, — tout masqués de respect qu'ils veulent être, — la même chose, toujours la même chose...

Au premier rang des fauteuils d'orchestre, ma myopie ne me défend pas d'apercevoir, raide et sérieux, — avec ses cheveux noirs qui brillent comme la soie d'un huit-reflets, — M. Dufferein-Chautel cadet. Heureux de mon regard qui l'a reconnu, il suit de la tête mes mouvements, mes allées et venues sur la scène, comme ma chienne Fossette quand je m'habille pour sortir...

Les jours passent. Il n'y a rien de nouveau dans ma vie, — qu'un homme patient qui me guette.

Nous venons de franchir Noël et le 1er janvier, — Noël, soirée enfiévrée qui a secoué toute la « boîte » d'un branle fou. Le public, saoul plus qu'à moitié, a gueulé comme un seul homme ; les avant-scènes pailletées ont jeté vers les secondes galeries des mandarines et des cigares à vingt-cinq sous ; Jadin, grise depuis le déjeuner, a perdu le fil de sa chanson et dansé en scène une « chaloupée » terrible, la jupe levée sur des bas aux mailles rompues, une grande mèche de cheveux lui battant le dos... Belle soirée où notre Patronne trônait dans sa loge, supputant la royale recette, l'œil à la verrerie poissée qui chargeait les tablettes clouées au dos des fauteuils...

Brague aussi s'était grisé dès le dîner et pétillait d'une fantaisie lubrique de petit bouc noir. Seul dans sa loge, il a improvisé un extraordinaire monologue d'halluciné qui se défend contre des larves, avec des « Oh ! non, assez... laisse-moi ! » des « Pas ça ! Pas ça ! ou bien une fois seulement... » des soupirs et des plaintes d'homme qu'une volupté diabolique supplicie...

Quant à Bouty, tout tordu de crampes d'entérite, pauvre gosse, il sirotait son lait bleuâtre...

En guise de réveillon, j'ai mangé le beau raisin de serre que m'avait apporté mon vieil ami Hamond, en tête-à-tête avec Fossette qui croquait des bonbons, — des bonbons envoyés par le Grand-Serin. J'ai lutté, me moquant de moi-même, contre une jalousie chagrine d'enfant qu'on a oublié d'inviter...

Qu'aurais-je donc voulu ? Souper avec Brague, ou avec Hamond, ou avec Dufferein-Chautel ? Dieu, non ! mais quoi ? Je ne suis ni meilleure, ni pire que tout le monde, et il y a des heures où j'aimerais défendre aux autres de s'amuser quand je m'embête...

Mes amis, les vrais, les fidèles, comme Hamond, ce sont, — la chose vaut que je la remarque, — des pas-de-chance, des irrémédiablement tristes. Est-ce la « solidarité du malheur » qui nous lie ? Je n'en crois rien.

Il me semble plutôt que j'attire et retiens les mélancoliques, les solitaires voués à la réclusion ou à la vie errante — comme moi... Qui se ressemble...

Je remâche ces pensées folâtres en revenant de ma visite à Margot.

Margot, c'est la sœur cadette de mon ex-mari. Elle porte lugubrement, depuis l'enfance, ce petit nom badin, qui lui va comme un anneau dans le nez. Elle vit seule et ressemble assez, avec ses cheveux grisonnants, coupés sous l'oreille, sa chemise à broderie russe et sa longue veste noire, à une Rosa Bonheur qui serait nihiliste.

Dépouillée par son mari, tapée par son frère, volée par son avoué, grugée par ses domestiques, Margot s'est embastillée dans une sérénité funèbre, faite de bonté inguérissable et de silencieux mépris. Une vieille habitude d'exploitation fait que l'on continue, autour d'elle, à écorner ses rentes viagères, et elle laisse faire, prise seulement parfois de rages subites, et jetant sa cuisinière à la porte pour une carotte, trop flagrante, de dix centimes.

— Je veux bien qu'on me vole, crie Margot, mais je veux encore qu'on y mette des égards !

Puis elle retombe, pour de longs jours, à son universel mépris.

Du temps que j'étais mariée, j'ai peu connu Margot, toujours froide, douce et peu loquace. Sa réserve n'a point quêté mes confidences. Seulement, le jour où ma rupture avec Adolphe sembla définitive, elle mit hors de chez elle, poliment, brièvement, mon mari étonné et ne le revit plus. Je connus alors que j'avais en Margot une alliée, une amie et un appui, puisque c'est d'elle que me viennent les quinze louis mensuels qui me gardent de la misère.

— Prends-les, va ! m'a dit Margot. Tu ne me fais pas de tort. Ce sont les dix francs quotidiens que m'a toujours carottés Adolphe !

Ce n'est pas, certes, chez Margot que je trouverais des consolations, ni cette hygiénique gaieté qu'on me recommande comme un régime. Mais, au moins, Margot m'aime à sa manière, à sa découragée et décourageante manière, — tout en pronostiquant pour moi la plus fâcheuse fin :

— Toi, ma fille, m'a-t-elle dit aujourd'hui encore, tu auras de la veine si tu ne retombes pas dans un beau collage, avec un Monsieur genre Adolphe. Tu es faite pour être mangée, comme moi. Je suis bien bonne de te prêcher ! Chatte échaudée, tu retourneras à la chaudière, c'est moi qui te le dis ! Tu es bien de celles à qui un Adolphe ne suffit pas comme expérience !

— Mais enfin, Margot, vous êtes extraordinaire ! C'est chaque fois le même réquisitoire ! lui reprochai-je en riant : « Tu es ci, tu es ça, tu es de celles qui, de celles que... » Attendez au moins que j'aie péché, il sera temps de m'en vouloir après !

Margot eut un de ces regards qui la font paraître très grande, qui ont l'air de tomber de si haut !

— Je ne t'en veux pas, ma fille. Je ne t'en voudrai pas davantage quand tu auras péché, comme tu dis. Seulement, tu auras bien de la peine à t'empêcher de commettre *la* bêtise, — puisqu'il n'y en a qu'une : recommencer... J'en sais quelque chose... Et encore, ajoute-t-elle avec un singulier sourire, je n'avais pas de sens, moi !...

— Alors, que faire, Margot ? Que blâmez-vous dans ma vie actuelle ? Dois-je, comme vous, me cloîtrer dans la crainte d'un malheur pire, et n'aimer, comme vous, que les petits terriers brabançons à poil ras ?

— Garde-t'en bien ! s'écria Margot avec une vivacité enfantine. Les petits terriers brabançons ! il n'y a pas de rossards comme eux ! Voilà une bête, dit-elle en me montrant une petite chienne rousse, pareille à un écureuil tondu, — une bête que j'ai soignée quinze nuits, pendant sa bronchite. Quand je me permets de la laisser seule, une heure, à la maison, la petite crapule fait semblant de ne pas me reconnaître et gronde à mes trousses comme si j'étais un chemineau !... Et, à part ça, mon enfant, tu vas bien ?

— Très bien, Margot, merci.

— La langue ?... Le blanc de l'œil ?... le pouls ?...

Elle m'a retroussé les paupières, m'a pressé le poignet, d'une main assurée, professionnelle, ni plus ni moins qu'à un petit brabançon. C'est que nous savons, Margot et moi, le prix de la santé, et l'angoisse de la perdre. Vivre seule, on s'en tire, on s'y fait ; mais languir seule et fiévreuse, tousser dans la nuit interminable, atteindre, sur des jarrets défaillants, la fenêtre aux vitres battues de pluie, puis revenir à une couche froissée et moite, — seule, seule, seule !...

Durant quelques jours, l'an dernier, j'ai connu l'horreur d'être celle qui gît, et délire vaguement, et redoute, en sa demi-lucidité, de mourir lentement, loin de tous, oubliée... Depuis, à l'exemple de Margot, je me soigne, je me soucie de mon intestin, de ma gorge, de mon estomac, de ma peau, avec une sévérité un peu maniaque de propriétaire attaché à son bien...

Je songe, aujourd'hui, au mot bizarre de Margot. Elle n'avait « pas de sens », elle... Et moi ?

Mes sens... C'est vrai. Il y a bien longtemps, il me semble, que je n'ai songé à eux...

La « question des sens »... Margot a l'air de penser qu'elle importe.

La meilleure littérature — et la pire aussi — tâche de m'apprendre que toutes les voix se taisent quand celle des sens a parlé. Qu'en faut-il croire ?

Brague m'a dit une fois, d'un ton de médecin :

— Ça n'est pas sain, tu sais, ta façon de vivre !

Et il a ajouté, comme Margot :

— D'ailleurs, tu y passeras ni plus ni moins que les camarades. Retiens ce que je te dis !

Je n'aime pas songer à cela. Brague se mêle volontiers de décréter et joue à l'infaillible... Ça ne signifie rien... C'est égal, je n'aime pas songer à cela.

J'assiste, au music-hall, sans feindre la moindre bégueulerie, à des conversations où l'on traite « la question des sens » avec une précision statistique et chirurgicale, et j'y prends le même intérêt, détaché et respectueux, qu'à lire dans un journal les ravages de la peste en Asie. Je veux bien trembler, mais je préfère rester à demi incrédule. C'est égal, je n'aime pas beaucoup songer à cela...

Et puis, il y a cet homme — le Grand Serin — qui s'arrange pour vivre dans mon ombre, pour mettre ses pas dans l'empreinte des miens, avec une obstination de chien...

Je trouve des fleurs dans ma loge, Fossette reçoit une petite auge de nickel pour sa pâtée ; trois minuscules animaux fétiches tiennent salon, nez à nez, sur ma table à écrire : un chat d'améthyste, un éléphant calcédoine, un crapaud de turquoise... Un cercle de jade, vert comme une rainette, serrait les tiges du bouquet de lis verdâtres qu'on me remit le 1er janvier... Dans la rue, je croise, trop souvent, le même Dufferein-Chautel, qui me salue avec une surprise si mal imitée...

Il me force à me rappeler, trop souvent, que le désir existe, demi-dieu impérieux, faune lâché qui gambade autour de l'amour et n'obéit point à l'amour, — que je suis seule, saine, jeune encore et rajeunie par ma longue convalescence morale...

Des sens ? oui, j'en ai... J'en avais, du moins, au temps où Adolphe Taillandy daignait s'occuper d'eux. Des sens timides, routiniers, dirai-je « ordinaires » ? — heureux de la caresse habituelle qui les comblait, craintifs de toute recherche ou complication libertines... lents à s'enfiévrer, mais lents à s'éteindre, — des sens bien portants, en somme...

La trahison, la longue douleur les ont anesthésiés, — jusqu'à quand ? Les jours de gaieté, d'allégresse physique, je m'écrie : « Pour toujours ! » à me sentir candide, amputée de ce qui faisait de moi une femme comme les autres...

Mais il y a aussi des jours lucides, où je raisonne durement contre moi-même : « Prends garde ! veille à toute heure ! Tous ceux qui t'approchent sont suspects, mais tu n'as pas de pire ennemi que toi-même ! Ne chante pas que tu es morte, inhabitée, légère : la bête que tu oublies hiverne, et se fortifie d'un long sommeil... »

Et puis, je perds derechef la mémoire de ce que je fus, avec la crainte de redevenir *vivante* ; je ne convoite pas, je ne regrette rien... jusqu'au prochain naufrage de ma confiance, jusqu'à la crise inévitable où je regarde avec terreur s'approcher la Tristesse aux douces mains puissantes, guide et compagne de toutes les voluptés...

Nous répétons, depuis quelques jours, une nouvelle pantomime, Brague et moi. Il y aura une forêt, une grotte, un vieux troglodyte, une jeune hamadryade, un faune dans la force de l'âge.

Le faune, c'est Brague, la nymphe forestière, c'est moi, — quant au vieux troglodyte, il n'en est pas encore question. Son rôle est épisodique, et, pour le jouer, dit Brague, « j'ai un petit salopin de dix-huit ans, dans mes élèves, qui *fera* tout à fait préhistorique ! »

On veut bien nous prêter la scène des Folies, le matin, de dix à onze heures, pour les répétitions. Débarrassée de ses toiles de fond, la profonde scène nous montre tout son plateau nu. Qu'il y fait triste, qu'il y fait gris lorsque j'arrive, sans corset, un chandail en guise de blouse, et culottée de satin noir sous la jupe courte !...

J'envie Brague d'être, à toute heure, si pareil à lui-même, éveillé, noiraud, autoritaire... Je lutte mollement contre le froid, l'engourdissement, l'écœurement de cette atmosphère mal purgée des relents de la nuit, qui sent encore l'humanité et le punch aigre... Le chaudron des répétitions épèle la musique neuve, mes mains s'agrippent l'une à l'autre et tardent à se quitter, mon geste est court, près du corps, mes épaules remontent frileusement, je me sens médiocre, gauche, perdue...

Brague, accoutumé à mon inertie matinale, a pénétré aussi le secret de la guérir. Il me harcèle sans relâche, court autour de moi comme un ratier, prodigue de brefs encouragements, des exclamations claquantes qui me cinglent...

De la salle monte une fumée de poussière : c'est l'heure où les garçons poussent dehors, avec la boue séchée sur les tapis, le petit fumier de la soirée précédente : papiers, noyaux de cerises, mégots, crotte des souliers...

Au troisième plan, — car on nous prête seulement une tranche de scène, une passerelle large de deux mètres environ, — une troupe d'acrobates travaille sur son épais tapis : ce sont de beaux Allemands roses au poil blond, silencieux et âpres à la besogne. Ils ont de sordides maillots de travail, et, dans les intervalles de leur numéro, leur repos, leurs jeux sont encore exercice ; deux d'entre eux cherchent, avec des rires endormis, un miracle d'équilibre irréalisable... qu'ils réussiront peut-être le mois prochain. À la fin de la séance, ils se tiennent, très graves, autour de la périlleuse éducation du plus jeune de la troupe, un bambin à figure de fillette sous de longues boucles blondes, qu'on lance en l'air, qu'on reçoit sur un pied, sur une main, un aérien petit être qui semble voler, ses boucles tendues horizontalement derrière lui, ou dressées toutes droites comme une flamme au-dessus de sa tête, tandis qu'il retombe, les pieds joints et pointus, les bras collés au corps...

— Au temps ! crie Brague. Tu l'as encore raté, ton mouvement ! En voilà une répétition à la mords-moi-le-jonc ! Tu ne peux donc pas être à ce que tu fais ?

C'est difficile, je l'avoue. Au-dessus de nous voltigent maintenant, sur trois trapèzes, des gymnastes qui échangent des appels aigus, des cris d'hirondelles... L'éclair nickelé des trapèzes de métal, le grincement, sur les barres polies, des mains colophanées, toute cette dépense, autour de moi, de force élégante et souple, ce mépris méthodique du danger m'exaltent, m'échauffent, à la fin, d'une contagieuse émulation... Et c'est alors, hélas ! qu'on nous déloge, quand je commençais à sentir sur moi, comme une parure soudain revêtue, la beauté de mon geste achevé, la justesse d'une expression d'épouvante ou de désir...

Galvanisée trop tard, j'use le reste de mon ardeur en rentrant à pied avec Fossette, en qui les répétitions accumulent une rage muette, qu'elle assouvit dehors, sur des chiens plus grands qu'elle. Elle les terrorise, en mime géniale, par une seule convulsion de son masque de dragon japonais, par une grimace abominable qui pousse ses yeux hors de la tête, retrousse les babines et montre, sous leur sanguine doublure, quelques dents blanches plantées de guingois comme les lattes d'une palissade bousculée par le vent.

Grandie dans le métier, Fossette connaît le music-hall mieux que moi-même, trotte dans les sous-sols obscurs, boule le long des couloirs, se guide à l'odeur familière d'eau savonneuse, de poudre de riz et d'ammoniaque... Son corps bringé connaît l'étreinte des bras enduits de blanc de perle ; elle daigne manger le sucre que les figurants raflent dans les soucoupes, au café d'en-bas. Capricieuse, elle exige parfois que je l'emmène, le soir, et, d'autres jours, me regarde partir, roulée en turban dans sa corbeille, avec le mépris d'une rentière qui prend, elle, tout le temps de digérer.

— C'est samedi, Fossette ! Courons ! Hamond sera arrivé avant nous !

Nous avons couru comme deux folles au lieu de prendre un fiacre : c'est que l'air, ce matin, porte une si surprenante et si molle douceur d'avant-printemps... et nous rejoignons Hamond, juste comme il atteint ma case blanche, couleur de beurre sculpté.

Mais Hamond n'est pas seul : il cause sur le trottoir avec... avec Dufferein-Chautel cadet, prénommé Maxime, et *dit* le Grand-Serin...

— Comment ! c'est encore vous !

Sans lui laisser le temps de protester, j'interroge sévèrement Hamond :

— Vous connaissez M. Dufferein-Chautel ?

— Mais oui ! dit Hamond, paisible. Vous aussi, je vois. Mais, moi, je l'ai connu tout petit. J'ai encore dans un tiroir la photographie d'un gosse à brassard blanc : « Souvenir de la Première Communion de Maxime Dufferein-Chautel, 15 mai 18... »

— C'est vrai, s'écrie le Grand-Serin. C'est maman qui vous l'avait envoyée, parce qu'elle me trouvait si beau !

Je ne ris pas avec eux. Je ne suis pas contente qu'ils se connaissent. Et je me sens humiliée par la grande lumière de midi, avec mes cheveux défrisés sous le bonnet de fourrure, le nez luisant qui demande la poudre, la bouche sèche de soif et de faim...

Je cache sous ma jupe mes bottines de répétition, des bottines lacées, avachies, dont le chevreau écorché montre le bleu, mais qui collent bien à la cheville et dont la semelle amincie est aussi souple que celle d'un chausson de danse... D'autant que le Grand-Serin m'épluche comme s'il ne m'avait jamais vue...

Je refoule une soudaine et puérile envie de pleurer pour lui demander, comme si j'allais le mordre :

— Qu'est-ce qu'il y a ? j'ai du noir sur le nez ?

Il ne se presse pas pour répondre :

— Non... mais... c'est bizarre... quand on ne vous a vue que le soir, on ne croirait jamais que vous avez les yeux gris... Ils paraissent bruns, à la scène.

— Oui, je sais. On me l'a déjà dit. Vous savez, Hamond, l'omelette sera froide. Adieu, Monsieur.

Moi non plus, d'ailleurs, je ne l'avais jamais si bien vu, au grand jour. Ses yeux enfoncés ne sont pas noirs comme je le croyais, mais d'un marron un peu fauve, comme les prunelles des chiens de berger...

Ils n'en finissent plus de se serrer les mains ! Et Fossette, la petite grue ! qui dit « bonjour au Monsieur » avec un sourire d'ogresse fendu jusqu'aux oreilles ! Et le Grand-Serin qui fait, parce que j'ai parlé d'omelette, une figure de pauvre devant le rôti ! S'il attend que je l'invite !...

J'en veux, injustement, à Hamond. Et c'est en silence que j'expédie mon nettoyage superficiel de mains et de museau, avant de rejoindre mon vieil ami dans le petit salon de travail où Blandine dresse le couvert. Car j'ai supprimé, une fois pour toutes, cette pièce triste et inutile qu'on nomme salle à manger, et qu'on habite une heure sur vingt-quatre. Il faut dire que Blandine couche dans l'appartement et qu'une pièce de plus m'eût coûté trop cher...

— Ah ! ah ! vous connaissez Maxime ! s'écrie Hamond, en dépliant sa serviette.

Je l'attendais !

— Moi ? Je ne le connais pas du tout ! J'ai fait un cachet en ville, chez son frère, où je l'ai rencontré. Voilà.

J'omets — pourquoi ? — de mentionner la première entrevue, l'intrusion du Grand-Serin, échauffé, dans ma loge...

— Il vous connaît, lui. Et il vous admire beaucoup. Je le crois même amoureux de vous !

Subtil Hamond ! Je le regarde, avec ce sentiment félin, hilare et sournois, que nous inspire la naïveté masculine...

— Il sait que vous aimez les roses, les bonbons à la pistache. Il a commandé un collier pour Fossette...

Je bondis :

— Il a commandé un collier pour Fossette !... Après tout, ça ne me regarde pas ! dis-je en riant. Fossette est une créature sans moralité : elle acceptera, je l'en sais capable !

— Nous avons parlé de vous, naturellement... je vous croyais très amis...

— Oh !... vous l'auriez su, Hamond.

Mon vieil ami baisse les yeux, flatté dans sa jalousie amicale.

— C'est un très gentil garçon, je vous assure.

— Qui ça ?

— Maxime. J'ai connu sa mère, qui est veuve, en... Voyons, ça doit faire trente... non, trente-cinq...

Et allez donc ! Il me faut subir l'histoire des Dufferein-Chautel, mère et fils... Maîtresse femme... c'est elle qui dirige tout... scieries dans les Ardennes... hectares de forêts... Maxime un peu paresseux...

le plus jeune et le plus gâté des fils… beaucoup plus intelligent qu'il ne le paraît… trente-trois ans et demi…

— Tiens ! comme moi !

Hamond se penche vers moi, par-dessus la petite table, avec une attention de miniaturiste :

— Vous avez trente-trois ans, Renée ?

— Hélas !

— Ne le dites pas. On n'en saura rien.

— Oh ! je sais bien qu'à la scène…

— À la ville non plus.

Hamond ne pousse pas plus loin le compliment et reprend l'histoire des Dufferein-Chautel. Je suce des raisins, mécontente. Le Grand-Serin s'insinue chez moi plus que je ne lui ai permis. À cette heure-ci, nous devrions, comme de coutume, Hamond et moi, remuer de mauvais vieux souvenirs, éclos hebdomadairement à l'amer arome de nos tasses fumantes…

Pauvre Hamond ! C'est pour moi qu'il déroge à sa funèbre et chère habitude. Je sais bien que ma solitude le fait trembler ; s'il osait, il me dirait, en paternel entremetteur :

— Voilà l'amant qu'il vous faut, ma chère ! Bonne santé, ne joue pas, ne boit pas, fortune suffisante… Vous me remercierez !

*P*lus que quatre jours, et je quitterai l'Empyrée-Clichy.

Chaque fois que je termine un stage un peu long au café-concert, j'éprouve, aux derniers jours, l'impression bizarre d'une délivrance que je n'ai pas souhaitée. Heureuse d'être libre, de vivre chez moi le soir, je tarde pourtant à m'en réjouir, et le geste d'étirement « Enfin ! » manque de spontanéité.

Pourtant cette fois, je crois me réjouir sincèrement et, assise dans la loge de Brague, j'énumère à mon camarade, qui s'en moque, les travaux urgents qui vont occuper mes vacances :

— Tu comprends, je fais recouvrir à neuf tous les coussins du divan. Et puis je le pousse, le divan, tout à fait dans le coin, et je fais mettre une lampe électrique au-dessus...

— Chouette ! ça fera maison de passe ! dit Brague gravement.

— Que tu es bête !... Et puis, enfin, j'ai un tas de choses à faire. Il y a si longtemps que je ne m'occupe pas de mon chez moi...

— Bien sûr ! acquiesce Brague, pince-sans-rire... Et pour qui tout ça ?

— Comment, pour qui ? Pour moi, tiens !

Brague se détourne un instant du miroir, montre une figure où l'œil droit, seul frotté de bleu, semble porter le cerne d'un pochon formidable :

— Pour toi ? pour toi toute seule ?... Tu m'excuseras, mais je trouve ça plutôt... gourde ! Et puis, penses-tu que je vais laisser dormir l'*Emprise* ? Attends-toi bien à un de ces départs pour les établissements de premier ordre de la province et de l'étranger... D'ailleurs, Salomon, l'agent, m'a dit que je te fasse signe de passer chez lui.

— Oh ! déjà ?

Brague, péremptoire, hausse les épaules :

— Oui, oui, je la connais ! « Oh ! déjà ! » Et puis si je te disais qu'il n'y a rien à faire, tu serais là comme un moustique : « Quand part-on ? quand part-on ? » Vous êtes bien toutes les mêmes, les gonzesses !

— Il me semble ! approuve une voix mélancolique derrière nous, — celle de Bouty.

Il a encore maigri depuis le mois dernier, Bouty, et il « fatigue » de plus en plus. Je le regarde à la dérobée, pour ne pas le blesser ; mais que deviner sous ce masque rouge aux yeux bordés de blanc ?... Nous écoutons, muets, la voix de Jadin au-dessus de nous :

> *Ah ! ah ! petite Muguet-et-te,*
> *Ah ! ah ! viens donc, s'il te plaît,*
> *Que j'te mette*
> *Mon p'tit bou-quet de muguet !*

Le compositeur de la *Valse du Muguet*, homme de métier et d'expérience, a, grivoisement et habilement, césuré le dernier vers du refrain...

— Alors, c'est dans quatre jours qu'on se les met ? interroge brusquement le petit comique en relevant la tête.

— C'est dans quatre jours... Je me plaisais bien, ici. On est si tranquille...

— Oh ! si tranquille ! proteste Bouty, sceptique. Y a des endroits encore plus tranquilles. Vous n'aurez pas de peine à trouver mieux. Je ne dis pas de mal du public, mais c'est un peu gouape tout de même... Je sais bien, répond-il à mon geste d'indifférence, qu'on peut se tenir à sa place partout. Mais quand même... Tenez, écoutez-les gueuler ? Pensez-vous qu'une femme, j'entends une femme jeune, qu'a pas d'idées, qu'est portée à la rigolade et à la bombe, peut prendre là-dedans l'habitude de se tenir ?... J'entends : une louftingue, une bombeuse, comme Jadin, par exemple...

Ah ! pauvre petit Bouty, en qui l'amour souffrant éveille une aristocratie soudaine, et le mépris de ce public qui vous fête, vous cherchez et vous trouvez à Jadin une excuse, et vous inventez, tout seul, la théorie de l'Influence des milieux... à laquelle je ne crois pas !...

Les danseurs russes sont partis, Antonieff, — le « grand-duc », — et ses chiens sont partis. Où ? On ne sait pas. Aucun de nous n'a eu la curiosité de s'en informer. D'autres numéros sont venus prendre leur place, engagés qui pour sept jours, qui pour quatre jours, car la revue immine. Je croise, sur le plateau, dans le couloir, des figures nouvelles, avec qui j'échange un demi-sourire, un haussement de sourcils, en manière de bonjour familier et discret...

De l'ancien programme, on n'a gardé que nous, et puis Jadin, qui créera — Seigneur ! — des rôles dans la revue, et Bouty... Nous causons mélancoliquement, le soir, en vétérans de l'Empyrée-Clichy que le départ d'un jeune régiment aurait oubliés...

Où retrouverai-je ceux que j'ai connus ici ? À Paris, à Lyon, à Vienne ou à Berlin ?... Peut-être jamais, peut-être nulle part. Le cabinet de Salomon, l'agent, nous rassemblera cinq minutes, avec des éclats de voix, des poignées de main cabotines, juste le temps de savoir que nous existons, de lancer le « Qu'est-ce que vous faites ? » indispensable, d'apprendre que « ça boulotte » ou que « ça ne se dessine pas ».

Ça ne se dessine pas... C'est sous cette périphrase vague qu'ils déguisent, mes compagnons errants, la panne, l'arrêt forcé, l'embarras d'argent, la misère... Ils n'avouent jamais, gonflés, soutenus par cette vanité héroïque qui me les rend chers...

Quelques-uns, poussés à bout, trouvent à remplir un petit rôle dans un *vrai* théâtre et, chose singulière, ne s'en vantent pas. Ils y attendent, patients, obscurs, le retour de la veine, l'engagement au music-hall, l'heure bénie qui les reverra sous la jupe à paillettes, sous le frac qui sent la benzine, affronter de nouveau le halo du projecteur, *dans leur répertoire !*

« Non, ça ne se dessine pas », me diront quelques-uns, et ils ajouteront :

— Je rapplique au *ciné*.

Le cinématographe, qui menaça de la ruine les humbles artistes de caf'conc', les sauve à présent. Ils s'y plient à un labeur anonyme et sans gloire, qu'ils n'aiment pas, qui dérange leurs habitudes, change leurs heures de repas, de flânerie et de travail. Des centaines en vivent, aux époques de chômage, plusieurs s'y enrichissent. Mais, si le « ciné » regorge de figuration et de vedettes, que faire ?

— Ça ne se dessine pas... non, ça ne se dessine pas...

On jette la phrase d'un air à la fois détaché et sérieux, sans insister, sans larmoyer, la main balançant le chapeau ou une paire de vieux gants. On plastronne, la taille serrée dans un pardessus juponné à l'avant-dernière mode, — car l'essentiel, l'indispensable, ce n'est pas d'avoir un complet propre, c'est de posséder un pardessus « un peu là », qui couvre tout : gilet élimé, veston avachi, pantalon jauni aux genoux, — un pardessus tape-à-l'œil, épatant, qui fait impression sur le directeur ou sur l'agent, qui permet, enfin, de lancer crânement, en rentier, le « Ça ne se dessine pas » !

Où serons-nous, le mois qui vient ?... Le soir, Bouty rôde, désemparé, dans le couloir des loges, toussote, jusqu'à ce que j'entr'ouvre ma porte pour l'inviter à s'asseoir un instant chez moi. Il insinue ses reins de chien maigre sur une frêle chaise, dont la peinture blanche s'écaille, et ramène ses pieds sous lui pour ne pas gêner mes mouvements. Brague vient nous rejoindre et s'accroupit en romanichel, le derrière au chaud, sur le tuyau du calo. Debout entre eux, j'achève de me vêtir, et ma jupe rouge, brodée de dessins jaunes, les évente au passage... Nous n'avons pas envie de parler, mais nous bavardons, luttant contre un sourd besoin de nous taire, de nous serrer les uns contre les autres et de nous attendrir...

C'est Brague qui conserve le mieux son activité curieuse et lucide, son appétit commercial de l'avenir. L'avenir, pour moi, ici ou là... Mon goût tardif, — acquis, un peu artificiel, — des déplacements et du voyage fait bon ménage avec un fatalisme foncier et paisible de petite bourgeoise. Bohême désormais, oui, et que les tournées ont menée de ville en ville, — mais bohême ordonnée, attentive à recoudre elle-même ses nippes bien brossées ; — bohême qui porte presque toujours sur elle sa mince fortune ; — mais, dans le petit sac en peau de daim, les sous sont d'un côté, l'argent blanc de l'autre, l'or caché précieusement dans une pochette à secret...

Vagabonde, soit, mais qui se résigne à tourner en rond, sur place, comme ceux-ci, mes compagnons, mes frères... Les départs m'attristent et m'enivrent, c'est vrai, et quelque chose de moi se suspend à tout ce que je traverse, — pays nouveaux, ciels purs ou nuageux, mers sous la pluie couleur de perle grise, — s'y accroche si passionnément qu'il me semble laisser derrière moi mille et mille petits fantômes à ma ressemblance, roulés dans le flot, bercés sur la feuille, dispersés dans le nuage... Mais un dernier petit fantôme, le plus pareil de tous à moi-même, ne demeure-t-il pas assis au coin de ma cheminée, rêveur et sage, penché sur un livre qu'il oublie de lire ?...

DEUXIÈME PARTIE

— Le joli coin intime ! Et comme on comprend mal votre existence au music-hall, quand on vous voit ici, entre cette lampe rose et ce vase d'œillets !...

Voilà ce qu'il a dit en partant, mon amoureux, la première fois qu'il est venu dîner chez moi, avec Hamond l'entremetteur.

Car j'ai un amoureux. Je ne trouve à lui donner que ce nom passé de mode : il n'est ni mon amant, ni mon flirt, ni mon *patito*... c'est mon amoureux.

« Le joli coin intime ! »... Ce soir-là, derrière son dos, j'ai ri avec amertume... Une lampe voilée, un vase de cristal où l'eau scintille, un fauteuil auprès de la table, le divan usé que cache un savant désordre de coussins, — et le passant, ébloui et superficiel, imagine, entre les murs d'un vert éteint, une vie retirée, pensive et studieuse, de femme supérieure... Ah ! ah ! il n'a vu ni l'encrier poudreux, ni la plume sèche, ni le livre non coupé sur la boîte vide de papier à lettres...

Une vieille branche de houx se recroqueville, comme tombée dans le feu, au bord d'un pot de grès... La vitre d'un petit pastel (une esquisse d'Adolphe Taillandy), fendue, attend en vain qu'on la remplace... Ma main négligente a épinglé, puis oublié, un lambeau de papier autour de l'ampoule électrique qui éclaire la cheminée... Une pile de cinq cents cartes postales, — scènes de l'*Emprise*, — sous leurs bandes de papier gris, couvrent, au risque de l'écraser, un ivoire gravé du XVe siècle.

Cela sent l'indifférence, l'abandon, l' « à quoi bon ? », presque le départ... « Intime » ? Quelle intimité se serre, le soir, autour de la lampe dont l'abat-jour se fane ?

J'ai ri, et soupiré de fatigue, après le départ de mes deux convives, et ma nuit fut longue, agacée d'une honte obscure née de l'admiration même du Grand-Serin. Sa foi naïve d'homme emballé m'éclaira, ce soir-là, sur moi-même, comme il arrive que certains miroirs inattendus, au détour d'une rue, dans un escalier, révèlent soudain certaines tares, certains fléchissements de visage et de silhouette...

Mais, depuis, d'autres soirs ont passé, ramenant Hamond avec mon amoureux, ou mon amoureux sans Hamond... Mon vieil ami fait en conscience ce qu'il appelle son sale métier. Tantôt il patronne, avec une brillante aisance d'ancien homme d'esprit, les visites de son pupille, qui, sans lui, — je l'avoue en toute sincérité, — m'excéderait. Tantôt il s'efface, — pas longtemps ! — se fait attendre, — juste assez ! — dépensant pour moi sa diplomatie salonnière qui se rouillait...

Je ne me pare pas pour eux, et ne quitte pas la chemisette à plis, ni la jupe plate et sombre. Je laisse devant eux « tomber ma figure », — la bouche lasse et fermée, l'œil volontairement terni, — j'oppose à l'entêtement de mon amoureux une mine passive de fille qu'on veut marier contre son gré... Je soigne seulement, pour moi plus que pour eux, le décor menteur et sommaire où je vis si peu ; Blandine a daigné visiter les recoins poudreux du salon de travail, et les coussins du fauteuil, devant la table, gardent l'empreinte de mon repos...

J'ai un amoureux. Pourquoi celui-là, et non un autre ? Je n'en sais rien. Je regarde, étonnée, cet homme qui a réussi à pénétrer chez moi. Parbleu, il le voulait tellement ! Tous les hasards l'ont servi, et Hamond l'y a aidé. Un jour, toute seule chez moi, j'ai ouvert à un coup de sonnette timide : le moyen de jeter dehors cet individu attendant gauchement, les bras chargés de roses, à côté d'Hamond qui m'implorait pour lui, du regard ? Il a réussi à pénétrer ici, — cela devait arriver sans doute...

J'apprends sa figure, chaque fois qu'il revient, comme si je ne l'avais jamais vue. Il a, de chaque côté du nez, un pli déjà marqué, qui se perd sous la moustache, il a des lèvres rouges, d'un rouge un peu bistré, comme il arrive aux gens trop bruns. Ses cheveux, ses sourcils, ses cils, tout cela est noir comme le diable, et il a fallu un rayon de soleil bien franc pour m'enseigner, un jour, que, sous tant de noir, mon amoureux a des prunelles d'un gris roux, très foncées...

Debout, c'est vraiment un grand serin, raide, emprunté, tout en os. Assis, ou demi allongé sur le divan il semble s'assouplir tout à coup et goûter la grâce d'être un autre homme, paresseux, détendu, avec des mouvements de mains heureux, un renversement oisif de la nuque contre les coussins...

Quand je sais qu'il ne me voit pas, je l'observe, vaguement choquée de penser que je ne le connais pas du tout et que la présence chez moi de ce garçon est aussi insolite qu'un piano dans une cuisine.

Comment se fait-il que lui, épris de moi, ne se trouble point de me si peu connaître ? Visiblement, il n'y songe pas, et ne paraît occupé que de me rassurer d'abord, me conquérir après. Car, s'il a appris très vite, — sur le conseil d'Hamond, je le parie ! — à cacher son désir, adoucir son regard et sa voix en me parlant, s'il feint, rusé comme une bête, d'oublier qu'il me convoite, il ne montre pas non plus l'appétit de me découvrir, de me questionner, de me deviner, et je le vois plus attentif au jeu de la lumière sur mes cheveux qu'à mes paroles...

Que cela est étrange !... Le voilà près de moi, assis, — le même rayon de soleil glisse sur sa joue et sur la mienne, et si la narine de cet homme en paraît carminée, la mienne doit se teinter de corail vif... Il n'est pas là, il est à mille lieues ! À tout moment, je veux me lever et lui dire : « Pourquoi êtes-vous ici ? allez-vous-en ! » Et je n'en fais rien.

Pense-t-il ? lit-il ? noce-t-il ? travaille-t-il ?... Je crois qu'il appartient à la catégorie nombreuse, assez banale, qui s'intéresse à tout et ne fiche rien. Point d'esprit, une certaine rapidité de compréhension, un vocabulaire très suffisant que rehausse une belle voix étoffée, cette facilité au rire, à la gaieté enfantine qu'on peut remarquer chez tant d'hommes, voilà mon amoureux.

Pour ne mentir en rien, mentionnons ce qui me plaît le mieux en lui : un regard parfois absent, chercheur, cette espèce de sourire intérieur de l'œil, qu'on voit aux sensitifs violents et timides.

Il a voyagé, mais comme tout le monde : pas très loin, pas souvent. Il a lu ce que tout le monde lit, il connaît « pas mal de gens » et n'arrive pas à nommer, en dehors de son frère aîné, trois amis intimes ; — je lui pardonne tout cet ordinaire en faveur d'une simplicité qui n'a rien d'humble, et parce qu'il ne trouve rien à dire sur lui-même.

Son regard rencontre rarement le mien, que je dérobe. Je ne puis oublier le motif de sa présence et de sa patience. Et pourtant quelle différence entre l'homme qui s'assoit là, sur ce divan, et l'animal méchant, au désir sauvage, qui força la porte de ma loge ! Rien ne marque chez moi que je me souviens de notre première rencontre, sauf que je ne cause presque pas avec le Grand-Serin. Quoi qu'il essaie, je lui réponds brièvement, ou bien j'adresse à Hamond la réponse destinée à mon amoureux... Ce mode de conversation indirecte donne à nos entretiens une lenteur, une fausse gaieté inexprimables...

Je répète toujours la nouvelle pantomime, avec Brague. Tantôt les Folies-Bergère nous donnent asile, le matin, ou bien c'est l'Empyrée-Clichy qui nous prête son plateau pour une heure ; nous errons encore de la brasserie Gambrinus, habituée aux éclats de voix des tournées Baret, à la salle de danse Cernuschi.

— Ça se dessine... dit Brague, avare de compliments pour autrui comme pour lui-même.

Le Vieux Troglodyte répète avec nous : c'est un famélique jeune gars de dix-huit ans, que Brague secoue, ahurit, agonit d'injures, au point de m'apitoyer :

— Tu lui en dis trop, Brague ! il va pleurer !

— Qu'il pleure, et je lui f... mon pied dans le c... ! Les larmes, c'est pas du travail !

Il a peut-être raison... Le Vieux Troglodyte ravale ses larmes, tâche d'enfler un dos « préhistorique » et se dévoue à la garde d'une Hamadryade qui fait des grâces, en chandail de tricot blanc...

Un matin de la semaine dernière, Brague s'est donné la peine de venir, en personne, me prévenir que la répétition du lendemain n'aurait pas lieu. Il nous a trouvés, Hamond, Dufferein-Chautel et moi, finissant de déjeuner.

J'ai dû garder Brague quelques minutes, lui offrir du café, le présenter à mes convives... Et je voyais le petit œil noir et brillant de Brague s'arrêter à la dérobée sur mon amoureux, avec une satisfaction curieuse, une sorte de sécurité qui m'a sottement gênée...

Quand je l'ai reconduit à la porte, mon camarade ne m'a pas questionnée, ne s'est permis aucune allusion familière, et mon embarras a redoublé. J'ai reculé devant le ridicule d'expliquer : « Tu sais, c'est un camarade... c'est un ami d'Hamond qui est venu déjeuner... »

Fossette porte à présent un collier de maroquin rouge à clous dorés, d'un goût sportif et déplorable. Je n'ai pas osé dire que je le trouvais laid... Elle fait la cour — damnée petite femelle servile ! — au Monsieur bien mis qui sent l'homme et le tabac, qui la caresse d'une adroite claque sur le râble...

Blandine se multiplie, fourbit les vitres, apporte — sans qu'on le lui demande ! — le plateau à thé quand mon amoureux est là...

Tous, à l'exemple de mon vieil ami Hamond, ont l'air de conspirer contre moi en faveur de Maxime Dufferein-Chautel... Hélas ! j'ai si peu de peine à demeurer invulnérable !...

Invulnérable, et pis qu'insensible : rétractile. Car, lorsque je donne la main à mon amoureux, le contact de sa longue main, chaude et sèche, me surprend et me déplaît. Je n'effleure pas sans un petit hérissement nerveux le drap de son veston, et c'est involontairement que je me gare, quand il parle, de son haleine pourtant saine... Je ne consentirais pas à nouer sa cravate, et j'aimerais mieux boire dans le verre d'Hamond que dans le sien... Pourquoi ?

C'est que... ce garçon est *un homme*. Malgré moi, je me souviens qu'il est *un homme*. Hamond, ce n'est pas un homme, c'est un ami. Et Brague, c'est un camarade ; Bouty aussi. Les sveltes et musclés acrobates qui révèlent, sous un maillot nacré, les particularités les plus flatteuses de leur anatomie... eh bien ! ce sont des acrobates !

Ai-je jamais songé que Brague, qui m'étreint dans l'*Emprise* à me meurtrir les côtes, et paraît m'écraser la bouche sous un fougueux baiser, avait un sexe ?... Non. Eh bien ! le regard le moins appuyé, la poignée de main la plus correcte de mon amoureux me rappellent pourquoi il est là, et ce qu'il espère... Quel joli passe-temps pour une coquette ! Quel bon flirt agaçant et convaincu !

Le malheur est que je ne sais pas flirter. Manque d'aptitude, manque d'expérience, manque de légèreté et, surtout, oh ! surtout ! le souvenir de mon mari !

Si j'évoque un instant Adolphe Taillandy dans l'exercice de ses fonctions, je veux dire travaillant, avec l'âpreté, l'entêtement chasseur qu'on lui connaît, à séduire une femme ou une jeune fille, me voilà refroidie, contractée, toute hostile aux « choses de l'amour »... Je revois trop bien sa figure de conquête, l'œil voilé, la bouche enfantine et rusée, et cette affectation de battre des narines au passage d'un parfum... Pouah ! tout ce manège, cette cuisine autour de l'amour, — autour d'un but qu'on ne peut même pas nommer l'amour, — je les favoriserais, je les imiterais, moi ? Pauvre Dufferein-Chautel, il me semble parfois que c'est vous qu'on trompe ici, et je devrais vous dire... vous dire quoi ? Que je suis redevenue une vieille fille, sans tentation, et cloîtrée, à ma manière, entre les quatre murs d'une loge de music-hall ?

Non, je ne vous le dirai pas, car nous ne savons échanger, comme à la dixième leçon de la Berlitz School, que des phrases élémentaires, où les mots pain, sel, fenêtre, température, théâtre, famille, tiennent beaucoup de place...

Vous êtes *un homme*, tant pis pour vous ! Chacun dans ma maison semble s'en souvenir, non comme moi, mais pour vous en féliciter, depuis Blandine qui vous contemple avec une satisfaction jamais lassée, jusqu'à Fossette dont le large sourire canin dit pareillement : « Enfin ! voilà dans la maison *un homme* — voilà l'Homme ! »

Je ne sais pas vous parler, pauvre Dufferein-Chautel. J'hésite entre mon langage *à moi*, un peu brusque, qui ne daigne pas toujours finir les phrases, mais chérit la précision d'un terme technique, — mon langage d'ex-bas bleu, — et l'idiome veule et vif, grossier, imagé, qu'on apprend au music-hall, émaillé de « Tu parles ! » de « Ta gueule ! »... « J'me les mets ! »... « Très peu pour moi ! »...

À force d'hésiter, je choisis le silence...

— Cher Hamond, que je suis contente de déjeuner avec vous ! Pas de répétition aujourd'hui, du soleil, et vous, — ça va bien !

Mon vieil ami, qui souffre de rhumatismes lancinants, me sourit, flatté. Il est fort maigre en ce moment, vieilli, léger, très grand, le nez décharné et busqué, — tout ressemblant au chevalier de la Triste Figure...

— Il me semble pourtant que nous avons déjà eu le plaisir de déjeuner ensemble cette semaine ? Quelle tendresse débordante pour ma vieille carcasse, Renée !

— Parfaitement, je déborde ! Aujourd'hui, il fait beau, je suis gaie, et... nous sommes tout seuls !

— Ce qui veut dire ?

— Que le Grand-Serin n'est pas là, vous l'avez deviné !

Hamond hoche son long visage mélancolique :

— Décidément, c'est de l'aversion !

— Du tout, Hamond, du tout ! C'est du... du rien !... Et, tenez, il y a plusieurs jours que je médite d'être franche avec vous : je ne peux justement pas me découvrir l'ombre d'un sentiment pour Dufferein-Chautel... hormis de la défiance, peut-être.

— C'est quelque chose.

— Je n'ai même pas d'opinions sur lui.

— Je me ferai un plaisir de vous offrir la mienne. Cet honnête homme n'a pas d'histoire.

— Pas assez !

— Pas assez ? c'est de la provocation ! Vous ne l'encouragez pas à vous conter la sienne.

— Il ne manquerait que ça ! Le voyez-vous, avec sa grande main sur son grand cœur : « Je ne suis pas un homme comme les autres... » C'est ça qu'il me dirait, hein ? les hommes disent toujours la même chose que les femmes, à ce moment-là.

Hamond me couvre d'un regard ironique :

— Je vous aime bien, Renée, quand vous vous parez d'une expérience qui vous fait — heureusement — défaut. « Les hommes font ceci... les hommes disent cela... » Où avez-vous pris une pareille assurance ? Les hommes ! les hommes ! Vous en avez connu beaucoup ?

— Un seul. Mais quel !...

— Justement. Vous n'accusez pas Maxime de vous rappeler Taillandy ?

— Dieu ! non. Il ne me rappelle rien du tout. Rien, je vous dis ! Il n'est pas spirituel...

— Les amoureux sont toujours un peu idiots. Ainsi, moi, quand j'aimais Jeanne...

— Et moi donc, quand j'aimais Adolphe ! Mais ça, c'était de l'idiotie consciente, presque voluptueuse. Vous rappelez-vous, les soirs où nous dînions en ville, Adolphe et moi, et que je prenais mon air pauvre, mon « air de fille épousée sans dot », comme disait Margot ? Mon mari pérorait, souriait, tranchait, brillait... On ne voyait que lui. Si on me regardait un instant, c'était pour le plaindre, je crois. On me faisait si bien comprendre que, sans lui, je n'existais pas !

— Oh ! tout de même... vous exagérez un peu...

— Guère, Hamond ! Ne protestez pas ! Je m'employais de tout mon cœur à disparaître le plus possible. Je l'aimais si imbécilement !

— Et moi, et moi ! dit Hamond s'animant. Vous souvenez-vous, quand ma petite poupée de Jeanne donnait son opinion sur mes tableaux ? « Henri est né consciencieux et démodé », déclarait-elle. Et je ne pipais pas !

Nous rions, nous sommes contents, rajeunis de remuer des souvenirs humiliants et amers... Pourquoi faut-il que mon vieil ami gâte ce samedi si conforme à toutes nos traditions en ramenant le nom de Dufferein-Chautel ?

Je fais une moue fâchée :

— Encore ! Laissez-moi un peu en repos avec ce monsieur, Hamond ! Qu'est-ce que je sais de lui ? qu'il est propre, correctement élevé, qu'il affectionne les chiens bulls et qu'il fume la cigarette. Qu'il soit, par-dessus le marché, épris de moi, ce n'est pas, — soyons modeste ! — un signe très particulier.

— Mais vous faites tout le possible pour ne le jamais connaître !

— C'est mon droit.

Hamond s'agace et claque de la langue, désapprobateur :

— C'est votre droit, c'est votre droit... Vous discutez comme une enfant, ma chère amie, je vous assure !...

Je dégage ma main qu'il retenait sous la mienne, et je parle vite, malgré moi :

— Vous m'assurez quoi ? Que c'est un article de tout repos ? Vous voulez quoi, à la fin ? Que je couche avec ce monsieur ?

— Renée !

— Eh ! il faut bien le dire ! Vous voulez que je fasse comme tout le monde ? que je me décide ? Celui-là ou un autre, après tout !... Vous voulez troubler ma paix reconquise, orienter ma vie vers un autre souci que celui, âpre, fortifiant, naturel, d'assurer moi-même ma subsistance ? Ou bien vous me conseillez un amant, par hygiène, comme un dépuratif ? Pourquoi faire ? je me porte bien, et, Dieu merci ! je n'aime pas, je n'aime pas, je n'aimerai plus personne, personne, personne !

J'ai crié cela si haut que je me tais soudain, confuse. Hamond, moins ému que moi, me donne le temps de me ressaisir, pendant que mon sang, monté à mes joues, redescend lentement vers mon cœur...

— Vous n'aimerez plus personne ? Mon Dieu, c'est peut-être vrai. Et ce serait plus triste que tout... Vous, jeune et forte, et tendre... Oui, ce serait plus triste que tout...

Indignée, près de pleurer, je contemple l'ami qui m'ose parler ainsi :

— Oh ! Hamond... c'est vous, vous qui me dites cela ! Après ce qui vous est... ce qui nous est arrivé, espéreriez-vous l'amour ?

Hamond détourne son regard, fixe sur la fenêtre claire ses beaux yeux de chien, si jeunes dans sa vieille figure, et répond vaguement :

— Oui... Je suis très heureux comme je suis, c'est vrai. Mais, de là à répondre de moi, à déclarer : « Je n'aimerai plus personne ! » ma foi, non ! je n'oserais pas...

Cette étrange réponse d'Hamond a tari notre discussion, car je n'aime pas parler de l'amour... La plus déterminée grivoiserie ne m'effare pas, mais je n'aime pas parler de l'amour... Si j'avais perdu un enfant bien-aimé, il me semble que je ne pourrais plus prononcer son nom.

— Viens ce soir bouffer chez Olympe, m'a dit Brague à la répétition. Après, on ira dire bonsoir aux copains de la revue, à l'Emp'-Clich'.

Je n'ai garde de m'y tromper : il ne s'agit pas d'une *invitation* à dîner ; nous sommes deux *camarades*, et le protocole — il y en a un ! — de la camaraderie entre artistes bannit toute amphibologie.

Je rejoins donc Brague, ce soir, à l'Olymp's-bar, de fâcheuse renommée. Fâcheuse ? je m'en soucie bien ! Libérée du soin de ma réputation, je franchis, sans appréhension comme sans plaisir, le seuil de ce petit restaurant montmartrois, silencieux de sept à dix heures, trépidant, le reste de la nuit, d'un vacarme, assez « chiqué », de cris, de vaisselles et de guitares. J'y venais dîner quelquefois, vite, seule ou avec Brague, le mois dernier, avant de nous rendre à l'Empyrée-Clichy.

Une provinciale servante, paisible et lente parmi les appels, nous sert ce soir le petit salé aux choux, pâtée saine, encombrante, lourde aux estomacs débilités des pauvres petites prostituées du quartier qui mangent auprès de nous, seules, avec cet air farouche que prennent, devant une assiette pleine, les animaux et les femmes pas assez nourris. Ah ! l'endroit n'est pas toujours gai !

Brague, narquois, apitoyé au fond, débine deux femmes qui viennent d'entrer, jeunes, minces, avec des chapeaux imbéciles qui tanguent sur leurs frisures. L'une est saisissante, avec un port de tête d'une insolence enragée ; sa maigreur révoltée paraît toute gracieuse, sous un étroit fourreau de liberty rose, acheté chez la « marchande ». Par ce soir glacial de février, elle a, pour se couvrir, un manteau, une sorte de cape légère, en liberty également, bleu et brodé d'argent, fané... Elle est gelée, affolée de froid, et ses yeux gris exaspérés repoussent toute compassion ; elle est prête à insulter, à griffer le premier qui dira, navré : « La pauvre gosse ! »

L'espèce n'est pas très rare, en ce pays montmartrois, de ces filles qui crèvent de misère et d'orgueil, belles de leur dénûment éclatant. Je les rencontre, ici et là, traînant leurs nippes légères de table en table aux soupers de la Butte, gaies, saoules, rageuses, la dent prête, jamais douces, jamais tendres, boudant au métier, et « travaillant » tout de même. Les hommes les appellent « sacrées petites charognes » avec un rire de mépris complaisant, parce qu'elles sont de la race qui ne cède pas, qui n'avoue ni la faim, ni le froid, ni l'amour, qui meurt en disant : « Je ne suis pas malade », qui saigne sous les coups, mais les rend...

Oui, je les connais un peu, celles-là, et c'est à elles que je songe en regardant la petite fille gelée et fière qui vient d'entrer chez Olympe, — comme si elles me donnaient un vague enseignement, un exemple contre toute faiblesse...

Un demi-silence affamé règne dans le bar. Deux jeunes hommes fardés échangent des répliques pointues, d'un bout à l'autre de la salle, sans conviction. Une gamine courte sur pattes, qui dîne d'une menthe à l'eau en attendant l'aléatoire souper, leur envoie mollement la réplique. Une chienne bouledogue, pleine à éclater, souffle péniblement sur le tapis râpé, son ventre en ballon clouté de mamelles saillantes...

Brague et moi, nous bavardons, alanguis par la chaleur du gaz. Je songe à tous les restaurants médiocres de toutes les villes qui nous ont vus ainsi attablés, las, indifférents et curieux, devant des nourritures étranges... Brague oppose aux vinasses des buffets de gare et des hôtels un estomac d'airain ; moi, si le veau bourgeoise ou le gigot bonne femme, coriaces, me résistent, je me rattrape sur le fromage et l'omelette...

— Dis donc, Brague ? L'homme, là, qui nous tourne le dos, ce n'est pas Stéphane-le-Danseur ?

— Où ?... Si, c'est lui... avec une poule.

Une telle « poule », en effet, que j'en demeure estomaquée, devant cette brune cinquantenaire à la lèvre ombrée... Et, comme s'il sentait notre regard, Stéphane-le-Danseur se tourne à demi pour nous lancer un de ces coups d'œil d'intelligence qui servent, au théâtre, à signifier : « Chut ! mystère ! » assez discrètement pour être aperçus de toute une salle.

— Pauvre bougre ! il *la* gagne, son argent ! chuchote Brague... Le café, Mademoiselle, appelle-t-il, qu'on se barre !

Le café, c'est une encre d'un noir olivâtre, qui laisse aux parois des tasses une teinture tenace. Mais à ne plus boire de bon café, j'ai pris le goût de ces tisanes chaudes, amères, qui sentent la réglisse et le quinquina... On se passe de viande, dans notre métier, mais pas de café...

Si vite qu'on nous serve le nôtre, Stéphane-le-Danseur « se barre » avant nous, — il *rinke* dans la revue de l'Emp'-Clich' — derrière sa mûre compagne. Sans vergogne, il esquisse, derrière elle, pour nous, le geste de l'athlète qui « arrache » le poids de deux cents kilos, et nous avons la lâcheté d'en rire... Puis, nous quittons ce morne lieu, que l'on dit « de plaisir », où tout somnole à cette heure sous les ampoules rosées : la chienne pleine, les gamines éreintées, la servante campagnarde et le gérant à moustaches cirées...

Dehors, le boulevard extérieur, la place Blanche où tournoie un vent glacé, nous raniment, et je me sens joyeusement reprise de la fièvre active, du besoin de *travailler*... un besoin mystérieux et indéfini, que je dépenserais à danser aussi bien qu'à écrire, courir, jouer la comédie, ou tirer une voiture à bras...

Comme pris de la même envie, Brague me dit soudain :

— Tu sais, j'ai un mot de Salomon, l'agent... La tournée que je t'avais parlé se dessine. Il dégote un jour ici, deux jours là, une semaine à Marseille, une à Bordeaux... Tu peux toujours partir ?

— Moi ? tout de suite ! Pourquoi donc pas ?

Il me lance, de côté, un vif coup d'œil.

— Je ne sais pas... Pour rien... Des fois... Je sais ce que c'est que la vie...

Ah ! j'ai compris ! Mon camarade se souvient de Dufferein-Chautel et croit que... Mon rire brusque, au lieu de le détromper, l'égare davantage, mais je me sens, ce soir, si taquine et si gaie, légère, déjà presque en voyage... Oh ! oui, partir, repartir, oublier qui je suis et le nom de la ville qui m'abrita hier, penser à peine, ne refléter et retenir que le beau paysage qui tourne et change au flanc du train, l'étang plombé où le ciel bleu se mire vert, la flèche ajourée d'un clocher cerné d'hirondelles...

Un jour, je me rappelle... en quittant Rennes par un matin de mai... Le train suivait, très lent, une voie en réparation entre des taillis d'épines blanches, des pommiers roses dont l'ombre était bleue, des saules jeunets à feuilles de jade... Debout, au bord du bois, une enfant nous regardait passer, une fillette de douze ans, dont la ressemblance avec moi me saisit. Sérieuse, les sourcils froncés, de rondes joues brunies, — comme furent les miennes, — des cheveux un peu blanchis de soleil, elle tenait un surgeon feuillu dans ses mains hâlées et griffées, — comme furent les miennes. Et cet air insociable, ces yeux sans âge, presque sans sexe, qui paraissaient prendre tout au sérieux, — les miens, réellement les miens !... Oui, debout au bord du hallier, mon enfance farouche me regardait passer, éblouie par le soleil levant...

— Quand tu voudras, tu sais !

La sèche invite de mon camarade me réveille devant l'Emp'-Clich' illuminé de feux mauves dont l'éclat blesse, dit Brague, « le derrière des yeux », et nous gagnons le sous-sol où l'odeur reconnue — plâtre, ammoniaque, crème Simon et poudre de riz — me soulève d'un dégoût presque agréable... Nous venons voir les copains de la revue, nous, et non la revue !

Je retrouve ma loge, qu'habite à présent Bouty, et celle de Brague est emplie de l'éblouissante présence de Jadin, qui joue trois rôles de l'*Emp'-Clich'-Revue*.

— Grouillez-vous, nous crie-t-elle. Vous arrivez juste pour ma chanson de *Paris la Nuit* !

Hélas ! on a habillé Jadin en pierreuse !... Jupe noire, corsage noir échancré, des bas en toile d'araignée, un ruban rouge au cou, et, sur la tête, la traditionnelle perruque en casque, où saigne un camélia ! Rien ne demeure, en vérité, du charme populacier et prenant de cette petite fille à l'épaule de travers...

Il fallait s'y attendre : on transforme, vite et sûrement, ma boudeuse et fraîche apache en p'tite femme de café-concert ! Parmi les « Ça va ?... quoi de neuf ?... ça se dessine ? », je la regarde piétiner dans sa loge, navrée de constater que Jadin marche *en poule*, comme tout le monde, ventre rentré et jabot sorti, qu'elle *place* sa voix en parlant et qu'elle n'a pas encore dit « Mange ! » depuis que nous sommes arrivés...

Bouty, qui va danser avec elle l'indispensable « chaloupée », rayonne silencieusement sous la casquette de soie. Pour un peu, il nous dirait : « Hein ! » en nous montrant, d'un geste de propriétaire, la petite créature... A-t-il enfin conquis sa camarade ? Il s'emploie, du moins, je le devine, à la banalisation de Jadin, et les voilà tous deux, maintenant, qui parlent de faire un « numéro sensationnel », très bien payé, au Cristal-Palace de Londres !...

Comme tout change vite !... Les femmes surtout... Celle-ci, en quelques mois, perdra presque tout son mordant, son pathétique naturel et inconscient. Un sournois atavisme de concierges, de petits commerçants cupides, va-t-il se faire jour en cette folle Jadin de dix-huit ans, si prodigue d'elle-même et de sa pauvre galette ? Pourquoi, devant elle, songé-je aux Bell's, acrobates allemands au nom anglais, que nous connûmes, Brague et moi, à Bruxelles ? Incomparables de force et de grâce sous des maillots cerise que pâlissait leur peau blonde, ils habitaient, à cinq, deux chambres sans meubles, où ils cuisinaient eux-mêmes, sur un petit fourneau de fonte. Et, tout le jour, c'étaient — nous raconta l'impresario — des palabres mystérieux, des méditations sur les journaux financiers, des disputes sauvages à propos de mines d'or, de Sosnowice et de Crédit foncier d'Égypte ! L'argent, l'argent, l'argent...

Jadin anime de son vide bavardage notre visite, qui en a besoin. Après que Bouty, un peu moins maigre, nous a donné les nouvelles de sa santé, annoncé que « ça se dessine » pour l'hiver prochain, nous voilà silencieux, gênés, amis de hasard que le hasard sépare... Je tripote les fards et les crayons sur la tablette, avec cet agacement gourmand, ce prurit du maquillage, connu de tous ceux qui ont abordé le plateau... La sonnette trille, heureusement, et Jadin sursaute :

— Ouste ! grimpez ! le pompier va vous donner son avant-scène, et vous verrez si je dégote dans ma chanson de *Paris la Nuit* !

Le pompier somnolent me prête, en effet, son tabouret de paille et sa logette. Assise, le nez au grillage qui sertit un carré de lumière chaude et rougeâtre, je puis, invisible, jouir de la vue de deux demi-rangs d'orchestre et de trois baignoires découvertes, plus une avant-scène... une avant-scène où l'on distingue une dame, — chapeau géant, perles, bagues paillettes — et deux hommes qui sont Dufferein-Chautel aîné et Dufferein-Chautel cadet, tous deux noirs et blancs, bien cirés bien fourbis. Ils sont brutalement éclairés et prennent dans le guichet où je les isole une importance extraordinaire.

La femme n'est pas une femme c'est une *dame* : Mme Dufferein-Chautel aîné sans doute. Mon amoureux, lui, paraît s'amuser beaucoup au défilé des chiffonnières, des cochères maraudeuses qui leur succèdent et s'en vont, après un couplet et un petit pas de danse négligent.

Enfin, voici Jadin qui s'annonce elle-même :

— « Et moi, je suis la reine du Paris nocturne : je suis la Pierreuse ! »

Je vois mon amoureux se pencher, assez vivement, sur le programme, puis relever le nez et détailler ma petite camarade, du chignon en casque aux bas ajourés...

Par une interversion singulière, c'est lui qui devient, pour moi, le spectacle, car je vois seulement le profil de la petite Jadin, que la rampe aveuglante fait camard, comme rongé de lumière, la narine noire, la lèvre raccourcie au-dessus d'une lame brillante de dents...

Avec son cou tendu en gargouille, noué d'un chiffon rouge, cette enfant fraîche ressemble, tout à coup, à je ne sais quelle larve luxurieuse de Rops.

Lorsque, son couplet fini, elle revient saluer deux fois, les talons joints, les doigts aux lèvres, mon amoureux l'applaudit de ses grandes mains brunes, si fort qu'elle lui décoche, avant de disparaître, un petit baiser particulier, avec un coup de menton en avant...

— Eh bien ! tu dors ? Voilà deux fois que je te dis qu'on ne peut pas rester là : on plante le tableau d'Héliopolis !
— Oui, oui... je viens...

Il me semble bien, en effet, que je m'endormais, — ou bien je sors d'une de ces minutes sans pensée, qui précèdent la mise en branle d'une idée pénible, qui préludent à un petit décrochement moral...

— Décide-toi, ou ne te décide pas, voyons. Ça te va, ou ça ne te va pas ?

Ils sont là tous deux, Brague et Salomon, à me bousculer de la voix et du regard. Celui-ci rit pour me donner confiance, celui-là grommelle. Une lourde main, celle de Salomon, se pose sur mon épaule :

— Pour un contrat, c'est un contrat, je pense !

Je le tiens, ce contrat dactylographié, et je le relis pour la dixième fois, dans la crainte d'y découvrir, entre ses quinze lignes brèves, le piège caché, la clause louche... Je le relis surtout pour gagner du temps. Et puis je regarde la fenêtre, les rideaux de tulle empesé et, derrière eux, la cour triste et propre...

J'ai l'air de réfléchir, mais je ne réfléchis pas. Hésiter, ce n'est pas réfléchir... Distraitement, j'inventorie ce bureau genre anglais que j'ai déjà vu tant de fois, illustré de photographies étrangères : dames en buste, décolletées, très coiffées, qui ont le sourire viennois ; hommes en habit, dont on ne peut conjecturer s'ils sont chanteurs ou acrobates, mimes ou écuyers...

Quarante jours de tournée, à cent cinquante francs par jour, ça fait... six mille francs. Bon tabac. Mais...

— Mais, dis-je enfin à Salomon, je ne veux pas t'engraisser de six cents balles ! Dix pour cent, à la fin, c'est de l'assassinat !

J'ai retrouvé la parole et l'art de m'en servir, et le vocabulaire qui sied. Salomon devient de la couleur de ses cheveux, rose brique : ses yeux insaisissables eux-mêmes rougissent, mais de sa grosse bouche amène se précipite un flot de supplications presque amoureuses :

— Ma chérie ! ma mignonne ! ne commence pas à dire des bêtises !... Un mois, un mois que je travaille à ton itinéraire ! Demande à Brague ! Un mois que je m'éreinte à te trouver des établissements de premier ordre, de tout premier ordre !... un affichage comme... comme... comme Mme Otéro, tiens !... Et c'est comme ça que tu me remercies ! Tu n'as pas de cœur, alors ? Dix pour cent ? mais c'est douze que tu devrais me donner, tu entends ?

— Je t'entends. Mais je ne veux pas t'engraisser de six cents balles. Tu ne les vaux pas.

Les petits yeux roux de Salomon rapetissent encore. Sa lourde main, sur mon épaule, caresse, avec l'envie de m'écraser :

— Ah ! mauvaise graine ! Tu la vois, Brague ? une enfant à qui j'ai fait son premier engagement !

— Une enfant bigrement majeure, mon vieux, et qui a besoin de renouveler sa garde-robe ! Mon costume de l'*Emprise* est fini, tu sais ? un costume truqué, trente louis, plus les chaussures, plus le voile pour danser, enfin, voyez accessoires ! Tu ne me les payes pas à part, vieille frappe ?

— Brague, tu la vois ? répète Salomon... J'ai honte pour elle, devant toi ! Qu'est-ce que tu vas penser d'elle ?

— Je pense, dit Brague tranquillement, qu'elle aurait raison d'accepter la tournée et tort de te donner six cents francs.

— C'est bon. Rendez-moi les papiers.

La grosse main me lâche. Salomon, froncé et pâle, retourne à son bureau genre anglais, sans nous accorder un coup d'œil.

— Salomon, vous savez, pas de chiqué entre nous ! Je suis mauvaise comme la gale quand je m'y mets, et je me fiche de rater une affaire quand on m'embête !

— Madame, répond Salomon, digne et glacé, vous m'avez parlé comme à un homme qu'on méprise, et je l'ai sur le cœur !

— Fourneau ! intervient Brague sans élever la voix. Quand tu auras fini de jacter ! Six cents pour sa part à elle, quatre cent quarante pour la mienne... tu nous prends pour des acrobates allemands ! Donne-moi les feuilles : on ne signe pas aujourd'hui. Je demande vingt-quatre heures pour consulter ma famille.

— Alors, c'est foutu ! jette Salomon avec une impétuosité bafouilleuse. Tous ces gens-là, c'est des directeurs d'établissements très chics, des gens qui n'aiment pas qu'on les lanterne, des gens...

— ... Qu'ont le derrière dans la friture bouillante, je sais ! interrompt mon camarade. Eh ben ! dis-leur que je repasse demain... Tu viens, Renée ?... Salomon, pour nous deux, c'est sept et demi pour cent. Et je trouve que c'est grand et généreux.

Salomon essuie ses yeux secs et son front mouillé :

— Oui, oui, vous êtes encore deux jolis cochons !

— Salomon, on ne peut pas dire que vous soyez joli, joli...

— Laisse-le donc, Renée, c'est un amour, cet homme-là ! Il fera ce que nous voudrons. D'abord, il t'aime. Pas, Salomon ?

Mais Salomon boude. Il tourne l'épaule comme un gros enfant, et dit d'une voix pleurarde :

— Non. Allez-vous-en. Je ne veux plus vous voir. J'ai un vrai chagrin. C'est bien la première fois, depuis que je fais des engagements, qu'on m'inflige une humiliation pareille ! Allez, allez ! J'ai besoin d'être tout seul. Je ne veux plus vous voir.

— C'est ça. À demain !

— Non, non ! c'est fini, nous trois !

— Cinq heures ?

Salomon, assis à son bureau, lève vers nous son mufle rose éploré :

— Cinq heures ? C'est ça, il faudrait encore que je manque pour vous mon rendez-vous de l'Alhambra ! Pas avant six heures, vous entendez ?

Désarmée, je serre sa courte patte, et nous sortons.

L'encombrement de la rue rendant tout colloque impossible, nous nous taisons. J'appréhende la solitude relative du boulevard Malesherbes, où Brague va commencer à discuter et à me convaincre. Convaincue, je le suis d'avance, et décidée à partir... Hamond ne sera pas content. Margot me dira : « Tu as bien raison, ma fille ! » et n'en pensera pas un mot, mais elle me donnera d'excellents conseils et trois ou quatre boîtes de « spécialités » contre la migraine, la constipation et la fièvre...

Et Dufferein-Chautel, au fait, qu'est-ce qu'il dira ? Ça m'amuse de penser à sa figure. Il se consolera auprès de Jadin, voilà tout... Partir... Quand donc déjà ?

— La date, Brague ? je n'ai pas fait attention, figure-toi !

Brague hausse les épaules et se range près de moi, parmi le peloton de passants qui attendent, soumis, que le bâton blanc fende la file des voitures et nous ouvre un gué, du trottoir Haussmann au refuge de la place Saint-Augustin.

— S'il n'y avait que toi pour boucler des engagements, ma pauvre amie ! Madame gueule, Madame monte sur ses grands chevaux, Madame veut ci, ne veut pas ça, et puis, au bout : « Tiens ! j'ai pas fait attention à la date ! »

Je le laisse, déférente, savourer sa supériorité. C'est un des plus vifs plaisirs de Brague que de me traiter en novice, en élève gaffeuse... Nous courons, sous la houlette de l'agent, jusqu'au boulevard Malesherbes...

— Du 5 avril au 15 mai, achève Brague. Tu n'as rien contre ? Rien ne te retient ?

— Rien...

Nous montons le boulevard, un peu essoufflés par la buée de bain tiède qui se lève du pavé mouillé. Une courte pluie, presque orageuse, a commencé le dégel ; le pavé noirâtre reflète, étirées, irisées, les lumières du gaz. Le haut de l'avenue se perd dans une fumée indistincte, roussie par un reste de crépuscule... Involontairement, je me retourne, je regarde autour de moi, cherchant... quoi ? Rien. Non, rien ne me retient ici, — ni ailleurs. Aucun cher visage ne surgira du brouillard, comme une fleur claire émerge de l'eau obscure, pour prier tendrement : « Ne t'en vas pas ! »

Je partirai donc, — encore une fois. Le 5 avril est loin, — nous sommes au 15 février, — mais c'est comme si j'étais déjà partie. Brague peut, à mon oreille distraite, énumérer des noms de villes, d'hôtels, des chiffres, des chiffres...

— Tu m'écoutes, au moins ?
— Oui.
— Alors, tu ne fais rien, d'ici le 5 avril ?
— Pas que je sache !
— Tu ne vois pas un petit acte, une petite couillonnade quelconque, genre mondain, qui t'occuperait d'ici là ?
— Ma foi, non.
— Si tu veux, je te chercherai une petite affaire à la semaine ?

Je quitte, en le remerciant, mon camarade, touchée qu'il veuille m'éviter la panne, l'oisiveté qui démoralise, appauvrit et détraque les comédiens sans emploi...

Trois têtes se lèvent lorsque j'entre dans mon salon de travail : celles d'Hamond, de Fossette et de Dufferein-Chautel. Serrés tous trois sous l'abat-jour rose autour d'une petite table, ils jouaient à l'écarté en m'attendant. Fossette sait jouer aux cartes à la manière des bulls ; grimpée sur une chaise, elle suit le va-et-vient des mains, prête à happer au vol une carte jetée trop loin.

Hamond s'écrie : « Enfin ! » Fossette : « Ouah ! » et Dufferein-Chautel ne dit rien, mais il a bien failli aboyer aussi...

L'accueil joyeux, la lumière tamisée, au sortir du brouillard fétide, m'éclairent le cœur, et c'est dans un élan de joie affectueuse que je m'écrie :

— Bonjour ! Vous savez, je pars !
— Vous partez ? Comment ça ? Quand ?

Sans m'arrêter à ce que l'intonation de mon amoureux prend, malgré lui, de bref et d'inquisiteur, je roule mes gants, je retire mon chapeau.

— Je vous dirai ça en dînant. Vous restez tous les deux : c'est presque un dîner d'adieux, déjà !... Restez tranquilles, continuez votre petite partie, j'envoie Blandine chercher des côtelettes et je passe une robe de chambre : je suis si fatiguée !...

Quand je reviens, perdue dans les plis d'un kimono de flanelle rose, je leur trouve à tous deux, Hamond et Dufferein-Chautel, un air trop dégagé de gens qui ont concerté quelque chose... Qu'importe ? mon adorateur bénéficie, ce soir, d'un optimisme qui s'étend sur toute la nature : je l'invite, pour « arroser la tournée », à nous offrir le Saint-Marceaux de l'épicier voisin, et il court, nu-tête, rapportant deux bouteilles sous ses bras...

Fébrile, un peu grise, j'appuie sur mon amoureux un regard désarmé qu'il ne m'a jamais vu. Je ris tout haut, d'un rire qu'il n'a jamais entendu, je rejette sur l'épaule la manche large du kimono, découvrant un bras plus clair que ma robe, un bras « couleur chair-de-banane », dit-il... Je me sens prévenante, gentille, — pour deux sous, je lui tendrais ma joue : qu'est-ce que ça fait ? je pars ! je ne le verrai plus, ce garçon ! Quarante jours ? mais nous serons sans doute tous morts, d'ici là !

Pauvre amoureux, comme j'ai été mauvaise avec lui, tout de même !... Je le trouve aimable, propre, bien peigné, avenant... comme quelqu'un qu'on ne reverra plus ! Car, à mon retour, je l'aurai oublié, et il m'aura oubliée, lui aussi... avec la petite Jadin, ou avec une autre... Plutôt avec la petite Jadin.

— Hein ? Cette petite Jadin !

J'ai jeté tout haut cette exclamation qui me semble suprêmement drôle.

Mon amoureux, qui a du mal à rire, ce soir, me regarde en fronçant ses sourcils de charbonnier :

— Quoi, cette petite Jadin ?

— Vous la trouviez à votre gré, l'autre jour, hein ? à l'Emp'-Clich' ?

Dufferein-Chautel se penche, intrigué. Son visage franchit la zone d'ombre de l'abat-jour et je distingue la nuance de ses prunelles brunes, fauves et pailletées comme certaines agates dauphinoises...

— Vous étiez dans la salle ? Je ne vous ai pas vue !

Je vide ma coupe, avant de répliquer, mystérieuse :

— Ah ! voilà !...

— Tiens ! vous étiez là ?... Oui, elle est gentille, la petite Jadin. Vous la connaissez ? Je la trouve très gentille.

— Plus que moi ?

J'aurais mérité qu'il répondît, autrement que par un silence étonné, à cette parole imprudente, imbécile, indigne de moi ! Je voudrais me battre !... Bah ! qu'est-ce que ça fait ? je m'en vais !... Je raconte mon itinéraire : tout le tour de France, mais rien que les grandes villes ! un affichage comme... comme Mme Otéro ! et les beaux pays qu'on verra, et le soleil qu'on trouvera dans le Midi, et... et...

Le champagne, — trois coupes, il n'en faut pas plus ! — engourdit enfin mon bavardage heureux. Parler, quelle dépense d'énergie pour qui demeure muette des journées entières !... Mes deux amis fument, maintenant, et, derrière leur voile de fumée, reculent, reculent... Comme je suis loin ! déjà partie, dispersée, réfugiée dans le voyage... Leurs voix même s'étouffent, s'éloignent, mêlées à des grondements de trains, des sifflements, à la houle berceuse d'un orchestre imaginaire... Ah ! le doux départ, le doux sommeil, qui m'emporte vers une rive qu'on ne voit pas !...

— Quoi ? il est six heures ? Bon, merci... Ah ! c'est vous ?

Je dormais, et je rêvais voyage : un garçon d'hôtel frappait du poing contre la porte de mon rêve, en criant qu'il était six heures... Et je me retrouve assise en sursaut au creux de mon vieux divan où la fatigue, la griserie légère m'ont assoupie. Debout devant moi, le Grand-Serin barre toute la hauteur de la chambre. Mes yeux, ouverts trop vite, clignent à la lampe, et les bords de l'abat-jour, les arêtes de la table éclairée blessent mes yeux comme autant de lames luisantes...

— C'est vous ? Où est Hamond ?

— Hamond vient de partir.

— Quelle heure est-il donc ?

— Il est minuit.

— Minuit !

J'ai dormi plus d'une heure !

Machinalement, je relève, en les peignant des doigts, mes cheveux aplatis, puis je tire, jusqu'à la pointe de mes mules, le bord de ma robe...

— Minuit ! Pourquoi n'êtes-vous pas parti avec Hamond ?

— Nous avons craint que vous ne fussiez effrayée, en vous retrouvant seule ici... Alors, je suis resté.

Est-ce qu'il se moque de moi ? Je ne distingue pas son visage, si haut, dans l'ombre...

— J'étais fatiguée, vous comprenez...

— Je comprends très bien.

Qu'est-ce que c'est que ce ton sec, qui réprimande ? Je tombe des nues ! Vraiment, si j'étais poltronne, j'aurais une belle occasion de crier à l'aide, seule avec cet individu noir qui me parle de là-haut !... Il a peut-être bu, lui aussi, mais plus que moi ?

— Dites donc, Dufferein-Chautel, vous êtes souffrant ?

— Je ne suis pas souffrant.

Il se met en marche, Dieu merci : j'en avais assez de le voir jouer le menhir si près de moi !

— Je ne suis pas souffrant, je suis en colère.

— Ah ! ah !

Je réfléchis un moment, puis j'ajoute, assez sotte :

— C'est parce que je m'en vais ?

Dufferein-Chautel s'arrête :

— Parce que vous vous en allez ? Je n'y pensais pas. Puisque vous êtes encore là, je n'ai pas besoin de penser que vous vous en irez. Non. Je vous en veux. Je vous en veux parce que vous dormiez.

— Oui ?

— C'est insensé de s'endormir comme ça ! Devant Hamond ! et même devant moi ! On voit bien que vous ne savez pas quelle figure vous avez quand vous dormez ! Ou alors vous le faites exprès, et c'est indigne de vous !

Il s'assied brusquement, comme s'il se cassait en trois, et se trouve tout près de moi, son visage à la hauteur du mien :

— Quand vous dormez, vous n'avez pas l'air de dormir ! vous avez l'air... eh ! enfin, vous avez l'air d'avoir fermé les yeux pour cacher une joie plus forte que vous ! Parfaitement ! vous n'avez pas un visage de femme endormie... Enfin, vous comprenez ce que je veux dire, bon Dieu ! C'est révoltant ! Quand je pense que vous avez dû dormir de cette manière-là devant un tas de gens, je ne sais pas ce que je vous ferais !

Il est assis de biais sur une chaise fragile, et détourne à demi son visage bouleversé, fendu de deux grandes rides, une au front, l'autre au long de la joue, comme si l'explosion de sa colère venait de le lézarder. Je n'ai pas peur, — au contraire : ce m'est un soulagement de le retrouver sincère, pareil à l'homme qui entra, il y a deux mois, dans ma loge.

Voici donc, devant moi, avec sa fureur enfantine, son entêtement bestial, sa sincérité calculée, — voici que reparaît mon ennemi, mon tourmenteur : l'amour. Hélas ! il n'y a pas à s'y tromper. J'ai déjà vu ce front-là, et ces yeux, et cette convulsion des mains nouées l'une à l'autre, oui, j'ai vu tout cela... dans le temps qu'Adolphe Taillandy me désirait...

Mais que vais-je faire de celui-ci ? Je ne suis pas offensée, je ne suis pas même — ou si peu ! — émue ; mais que vais-je faire ? Comment lui répondre ?... Ce silence qui se prolonge devient plus intolérable que son aveu. S'il pouvait s'en aller... mais il ne bouge pas. Je ne risque pas le plus petit mouvement, dans la crainte qu'un soupir, qu'une ondulation de ma robe ne suffisent à ranimer mon adversaire, — je n'ose plus dire mon amoureux, non, il m'aime trop !...

— C'est tout ce que vous me dites ?

Le son de sa voix, adoucie, me cause un si vif plaisir que je souris d'aise, délivrée du silence irrespirable.

— Dame ! je ne vois vraiment pas...

Il se tourne vers moi avec une gentillesse encombrante de grand chien :

— C'est vrai, vous ne voyez pas... Oh ! vous avez un talent pour ne pas voir ! Dès qu'il s'agit de moi, vous ne voyez pas, vous ne voyez rien ! Vous regardez à travers moi, vous souriez par-dessus moi, vous parlez à côté de moi !... Et je fais celui qui ne voit pas que vous ne voyez pas. Comme c'est malin ! comme c'est digne de vous et de moi !

— Écoutez, Dufferein-Chautel...

— Et vous m'appelez Dufferein-Chautel ! Je le sais bien que j'ai un nom ridicule, un nom de député, d'industriel ou de directeur du Comptoir d'Escompte ! ce n'est pas ma faute !... Oui, oui, riez !... C'est encore de la chance, ajoute-t-il plus bas, que je vous fasse rire...

— Voyons, comment voulez-vous que je vous appelle ? Dufferein, ou Chautel ? ou Duduffe ? ou... Maxime tout court, ou Max ?... Oh ! je vous en prie, donnez-moi la glace à main, là, sur la petite table, et le mouchoir à poudre : je dois avoir une figure !... Le champagne, le sommeil, et plus de poudre sur le nez !

— Ça ne fait rien ! dit-il avec impatience. Pour qui voulez-vous mettre de la poudre, à cette heure-ci ?

— Pour moi, d'abord. Et puis pour vous.

— Pour moi, ce n'est pas la peine. Vous me traitez en homme qui vous courtise. Si j'étais, tout simplement, un homme qui vous aime ?

Je le regarde, plus méfiante que je ne le fus jamais, déconcertée de trouver en cet homme, dès qu'il s'agit d'amour entre nous, une intelligence, une aisance spéciales, bien cachées sous ses dehors de Grand-Serin. L'aptitude à l'amour, oui, voilà ce que je devine en lui, voilà par quoi il me dépasse et m'embarrasse !

— Dites-moi, franchement, Renée… est-ce que cela vous est odieux, ou indifférent, ou vaguement agréable, de savoir que je vous aime ?

Il n'est pas outrageant, il n'est ni humble, ni larmoyant, il n'a rien de timide, ni de cauteleux… Imitant sa simplicité, je réponds, enhardie :

— Je n'en sais absolument rien.

— C'est bien ce que je pensais, dit-il gravement. Alors…

— Alors ?

— Je n'ai plus qu'à m'en aller !

— Il est minuit et demi.

— Non, vous ne m'avez pas compris. Je veux dire : ne plus vous revoir, quitter Paris !

— Quitter Paris ? Pourquoi ? dis-je honnêtement. Ce n'est pas nécessaire. Et je ne vous ai pas défendu de me revoir.

Il secoue les épaules :

— Oh ! je m'entends !… Quand ça ne va pas, quand j'ai… des embêtements, enfin, je m'en vais chez nous.

Il a bien dit « chez nous », provincialement, tendrement.

— C'est joli, chez vous ?

— Oui. C'est la forêt. Beaucoup de sapins, pas mal de chênes. J'aime bien les coupes fraîches, vous savez, quand on a abattu les bois et qu'il reste seulement les baliveaux, et les grands ronds des places à charbon, où il pousse de la fraise l'été suivant…

— Et du muguet…

— Et du muguet… Et des digitales aussi. Vous connaissez ? Elles sont hautes comme ça, et on met ses doigts dans les cloches, quand on est gosse…

— Je connais.

Il raconte mal, mon bûcheron d'Ardennes, mais je vois si bien ce qu'il raconte !…

— J'y vais pendant l'été, en auto. Je chasse aussi un peu, à l'automne. C'est chez maman, naturellement. La mère Coupe-Toujours ! dit-il en riant. Elle coupe, elle coupe, et elle scie, et elle vend.

— Oh !

— Mais elle n'abîme pas, vous savez ! Elle sait ce que c'est que le bois, elle s'y entend comme un homme, mieux qu'un homme !

Je l'écoute avec une aménité nouvelle, contente qu'il m'oublie un instant, qu'il parle, en digne bûcheron, de sa forêt maternelle. Je ne me souvenais pas qu'il fût Ardennais, et il ne se souciait pas de m'apprendre qu'il aimait son pays. Je sais maintenant pourquoi il a l'air serein ! C'est qu'il porte ses vêtements un peu comme des « habits de fête », avec une gaucherie indélébile et sympathique, en beau paysan endimanché...

— ... Seulement, si vous me renvoyez, Renée, ma mère comprendra tout de suite que je viens me « faire soigner » chez elle, et elle voudra encore une fois me marier. Voyez à quoi vous m'exposez !

— Laissez-vous marier.

— Vous ne dites pas ça sérieusement ?

— Pourquoi donc ? Parce qu'une expérience personnelle m'a été néfaste ? Qu'est-ce que ça prouve ! Vous devriez vous marier, ça vous irait très bien. Vous avez l'air déjà marié. Vous promenez votre célibat dans des vêtements de jeune père de famille, vous êtes épris du coin du feu, tendre, jaloux, têtu, paresseux comme un époux gâté, et despote, au fond, et monogame de naissance !

Stupéfait, mon amoureux me dévisage sans mot dire, puis saute sur ses pieds :

— Je suis tout ça ! s'écrie-t-il. Je suis tout ça ! Elle l'a dit ! Je suis tout ça !

Je refrène sèchement ses cris et ses gestes :

— Taisez-vous donc ! Qu'est-ce qui vous prend ? Que vous soyez égoïste, en somme, et paresseux, et coin du feu, ça vous donne envie de danser ?

Très docile, il se rassied en face de moi, mais ses yeux de chien de berger me couvent avec une sagacité victorieuse :

— Non. Ça m'est bien égal d'être tout ce que vous dites : ce qui me donne envie de danser, c'est que vous le sachiez !

Ah ! sotte que je suis ! Le voici triomphant, fort de mon aveu, — l'aveu de ma curiosité, sinon d'un intérêt plus vif... Le voici glorieux, tremblant du désir de se livrer davantage. Il crierait, s'il osait : « Oui, je suis tout cela ! Vous avez donc daigné me voir, tandis que je désespérais d'exister à vos yeux ? Regardez-moi encore ? Découvrez-moi tout entier, inventez en moi des faiblesses, des ridicules, accablez-moi de vices imaginaires... Et qu'importe que vous erriez ? Mon souci n'est pas que vous me connaissiez tel que je suis : créez votre amoureux à votre guise, et c'est après, — comme un maître retouche et refait l'œuvre médiocre d'un élève chéri, — c'est après que, sournoisement, peu à peu, j'y mettrai ma ressemblance ! »

Vais-je lui réciter tout haut sa pensée, pour le confondre ?... Attention ! j'allais commettre une maladresse de plus. Il ne sera point confondu, il écoutera, ravi, sa devineresse, et louera bien haut la seconde vue que dispense l'amour !... Et qu'attend-il présentement ? que je tombe dans ses bras ? Rien n'étonne un homme épris. Je voudrais qu'il fût loin... Je lutte contre le besoin de me reposer, de me détendre, de lever une main, de prier : « *Pouce !* arrêtez ! je ne sais pas le jeu. Si l'envie m'en vient, nous le recommencerons ; mais je ne suis pas de force à vous suivre, et je me fais prendre à tout coup, vous voyez bien... »

Ses yeux vigilants vont et viennent, rapidement, de mes paupières à ma bouche, de ma bouche à mes paupières, et semblent lire mon visage... Soudain, il se lève et se détourne, avec une brusque discrétion :

— Adieu, Renée ! dit-il d'une voix plus basse... Je vous demande pardon d'être resté si tard, mais Hamond m'avait recommandé...

Je proteste, avec un embarras mondain :

— Oh ! ça ne fait rien... au contraire...

— Est-ce que votre concierge a le sommeil très dur ?

— J'espère que non...

Nous sommes si pitoyables de niaiserie que la gaieté me revient un peu :

— Attendez ! dis-je tout à coup. J'aime mieux que vous ne réveilliez pas la concierge : vous allez sortir par la fenêtre...

— Par la fenêtre ? Oh ! Renée...

— C'est le rez-de-chaussée.

— Je sais bien. Mais vous n'avez pas peur que... qu'on me voie ? Un locataire de la maison pourrait rentrer à ce moment-là...

— Qu'est-ce que vous voulez que ça me fasse ?

Malgré moi, j'ai mis à répondre, à hausser les épaules, une si dédaigneuse indifférence que mon amoureux n'ose plus se réjouir. Au fond, cette sortie à une heure du matin, par la fenêtre, — de ma chambre à coucher, s'il vous plaît ! — doit le remplir d'une joie d'étudiant. Ah ! quelle jeunesse !...

— Sautez ! C'est ça ! adieu !

— À demain, Renée ?

— Si vous voulez, mon ami...

... Quelle jeunesse !... Il a pourtant trente-trois ans, cet homme !... Moi aussi... Trente-quatre dans six mois...

Je l'ai entendu courir sur le trottoir, sous une pluie fine et collante qui poisse le pavé et mouille l'appui de la fenêtre, où je demeure accoudée, comme une amante... Mais, derrière moi, personne n'a foulé le grand lit, banal et frais, nappé d'un drap sans pli, et que mon insomnie résignée ne froissera même pas.

Il est parti. Il reviendra demain, et les jours d'après, puisque je le lui ai permis. Il reviendra presque heureux, maladroit, plein d'espoir, avec cet air de dire : « Je ne demande rien », qui, à la longue, m'exaspère comme une prière machinale de mendiant... Quand c'était si simple de le blesser d'un refus sans danger encore, et qu'il s'en aille avec sa coupure fraîche et guérissable !...

Dans le carré de ma fenêtre éclairée, la pluie fine tombe, blanche sur le fond noir de la rue, comme une mouture humide...

J'ai cédé, je l'avoue, j'ai cédé, en permettant à cet homme de revenir demain, au désir de conserver en lui non un amoureux, non un ami, mais un avide spectateur de ma vie et de ma personne. « Il faut terriblement vieillir, m'a dit un jour Margot, pour renoncer à la vanité de vivre devant quelqu'un ! »

Pourrais-je sincèrement affirmer que, depuis quelques semaines, je ne me complais pas à l'attention de ce spectateur passionné ? Je lui ai acheté mon plus vif regard, mon plus libre sourire, j'ai surveillé en lui parlant le son de ma voix, je lui ai fermé tout mon visage, mais... Mais n'était-ce pas pour qu'il constatât, chagrin, maté, que toutes mes réticences lui étaient adressées, que je prenais la peine, pour lui, d'exister moins ? Il n'y a pas de déguisement sans coquetterie, et il faut autant de soins, autant de vigilance, pour s'enlaidir à toute heure que pour se parer.

Si mon amoureux, dans l'ombre, guette ma fenêtre ouverte, qu'il soit fier ! Je ne le regrette point, je ne le souhaite point, — mais je pense à lui. Je pense à lui, comme je mesurerais ma première défaite...

La première ? Non, la seconde. Il y eut un soir — ah ! quel souvenir empoisonné, et que je le maudis de ressusciter à cette heure ! — un soir où je m'accoudai ainsi, penchée sur un jardin invisible. Mes cheveux très longs pendaient comme une corde de soie hors du balcon... La certitude de l'amour venait de s'abattre sur moi et, loin d'en faiblir, ma force adolescente la portait orgueilleusement, avec une joie impitoyable au reste des humains. Ni le doute, ni la mélancolie même la plus suave, n'assagirent cette nuit triomphale et solitaire, couronnée de glycines et de roses !... Cette aveugle, cette innocente exaltation, qu'en a-t-il fait, l'homme qui la suscitait ?...

Fermons la fenêtre, fermons la fenêtre ! Je tremble trop de voir monter, à travers le voile de la pluie, un jardin provincial, vert et noir, argenté par la lune levante, où passe l'ombre d'une jeune fille qui enroule rêveusement sa longue tresse à son poignet, comme une couleuvre caressante...

— Marseille, Nice, Cannes, Toulon...
— Non, Menton, avant Toulon...
— Et Grenoble ! on a Grenoble aussi !

Nous recensons les villes de notre tournée comme des gosses comptent leurs billes. Brague a décidé que nous emmenions deux « pantoches » : l'*Emprise* et *La Dryade*.

— Pour les grands patelins où l'on fait quatre jours, six jours, assure-t-il, c'est plus prudent d'avoir une pièce de rechange.

Moi, je veux bien. Je veux bien n'importe quoi. Il n'y a pas plus bénévole et plus approbateur que moi, ce matin. L'atelier de Cernuschi, où nous travaillons, ne résonne guère que des éclats de voix de Brague et des rires du « Vieux Troglodyte » qui exulte à l'idée de faire une tournée et de gagner quinze francs par jour : sa jeune figure affamée, aux yeux bleus caves, reflète une joie continue, et Dieu sait s'il lui en cuit !

— Bougre de saucisse ! hurle Brague. Je t'en foutrai des sourires de danseuse ! On dirait que tu n'as jamais vu de troglodyte ! La gueule de travers, je te dis ! Encore plus que ça ! Et l'œil désossé ! Et le tremblement dans la ganache ! Un petit genre Chaliapine, quoi !...

Il s'essuie le front et se tourne vers moi, découragé :

— Je ne sais pas pourquoi je m'esquinte après cet outil : quand je lui parle de Chaliapine, il croit que je lui dis des cochonneries !... Et puis, toi, qu'est-ce que tu fiches-là, à plafonner ?

— Ah ! c'est mon tour, à présent ? Je me disais aussi : il y a longtemps que Brague ne m'a pas murmuré des paroles d'amour !

Mon camarade professeur me toise avec un théâtral mépris :

— Des paroles d'amour ! Je laisse ça à d'autres : tu ne dois pas en manquer ? Ouste ! la séance est levée. Demain, répétition en costume, mise en scène et accessoires. Ce qui signifie que t'auras un voile pour ta danse et que Monsieur, ici présent, voiturera une caisse à bougies pour imiter le rocher qu'il brandit sur nos têtes. J'en ai assez de vous voir, toi avec un mouchoir grand comme ma fesse, et l'autre avec *Paris-Journal* roulé en boule à la place de son granit ! Demain, ici, dix heures. J'ai dit.

Juste au moment où Brague finit de parler, un rayon de soleil dore le plafond de vitres, et je lève la tête comme si l'on m'appelait brusquement de là-haut.

— Tu m'entends, la môme Renée ?

— Oui...

— Oui ? Eh ben ! va-t'en. C'est l'heure de la soupe. Va zyeuter le soleil dehors ! Tu rêves de campagne, hein ?

— On ne peut rien te cacher. À demain.

Je rêve de campagne... Oui, mais pas comme le pense mon infaillible camarade. Et l'activité joyeuse de la place Clichy, à midi, ne me détourne pas d'un souvenir agaçant, tout frais, tout vif...

Hier, Hamond et Dufferein-Chautel m'ont emmenée dans les bois de Meudon, comme deux rapins invitant une modiste. Mon amoureux faisait les honneurs d'une automobile neuve, fleurant le maroquin et la térébenthine : un magnifique joujou de grande personne.

Sa sombre et jeune figure rayonnait du désir de m'offrir ce beau meuble verni et trépidant, dont je n'avais nulle envie. Mais je riais, parce qu'Hamond et Dufferein-Chautel arboraient, pour cette fugue meudonnaise, le même chapeau marron, fendu, à larges ailes, et j'étais si petite, entre ces deux grands diables !

— La Tarnowska et ses gardiens, hein, Hamond ?

Assis en face de moi sur un des strapontins, mon amoureux pliait discrètement ses jambes sous lui, pour garer mes genoux du contact des siens. Le clair jour, gris, très doux, printanier, me montrait tous les détails de son visage, plus brun sous le feutre mordoré, et la nuance enfumée de ses paupières, et ses cils durs, abondants, en double grille. La bouche, à demi dissimulée sous une moustache d'un noir roux, m'intriguait, et le treillis imperceptible des petites rides sous les yeux, et les sourcils moins longs que l'orbite, épais, mal achevés, un peu hérissés comme ceux des griffons de chasse... D'une main inquiète, je cherchai soudain la glace de mon petit sac...

— Vous avez perdu quelque chose, Renée ?

Mais déjà je me ravisais :

— Non, rien ; merci.

À quoi bon mirer, devant lui, les flétrissures d'un visage qui perd l'habitude d'être contemplé au grand jour ? Et qu'aurait pu m'apprendre mon miroir ? Un adroit maquillage de crayon brun, de koheul bleuté, de raisin rouge ne suffisait-il pas, hier comme tous les jours, à attirer l'attention sur les yeux et la bouche, les trois lumières, les trois aimants de mon visage ? Point de rose sur la joue un peu creuse, ni sous la paupière que la fatigue, le clignement fréquent ont, déjà, délicatement guillochée...

La joie de Fossette, assise sur mes genoux et tendue vers la portière, nous fournissait une conversation intermittente, et la douceur aussi de ce bois encore hivernal, ramilles grises sur ciel chinchilla... Mais, dès que je me penchais pour boire un peu le vent faible, chargé du musc amer des anciennes feuilles décomposées, je sentais le regard de mon amoureux se poser, assuré, sur toute ma personne...

De Paris aux bois de Meudon, nous n'avions pas échangé cent phrases. La campagne ne me rend pas loquace et mon vieil Hamond s'ennuie dès qu'il passe les fortifications. Notre mutisme pouvait assombrir tout autre qu'un amoureux, égoïstement récompensé de me tenir là, sous son regard, prisonnière dans sa voiture, passive, vaguement contente de la promenade, souriant aux cahots de la route humide et défoncée...

Fossette, impérieuse, décida, d'un cri bref, qu'on n'irait pas plus loin et qu'une affaire urgente l'appelait au fond de ces bois nus, sur la route forestière où brillaient en miroirs ronds les flaques d'une pluie récente. Nous la suivîmes tous trois sans protester, d'un pas long de gens qui vont souvent à pied...

— Ça sent bon, dit tout à coup le Grand-Serin, en reniflant l'air. Ça sent comme chez nous.

Je secouai la tête :

— Non, pas comme *chez vous* : comme chez nous ! Hamond, qu'est-ce que ça sent ?

— Ça sent l'automne, dit Hamond d'un ton las.

Sur ce mot, nous nous sommes arrêtés sans parler davantage, levant la tête vers un ruisseau de ciel serré entre les arbres très hauts, écoutant, à travers le murmure vivant et chuchoté qu'exhale une forêt, le pipeau mouillé, clair et grelottant d'un merle qui défie l'hiver...

Une petite bête rousse partit sous nos pieds, fouine ou belette, que Fossette prétendit forcer à la course, et nous suivîmes la chienne emballée, obtuse, ostentatoire, qui aboyait : « Je la vois ! je la tiens ! » sur une piste imaginaire...

Stimulée enfin, je m'élançai derrière elle dans l'allée, tout au plaisir animal de la course, mon bonnet de skungs enfoncé solidement jusqu'aux oreilles et les jambes libres sous ma jupe empoignée à deux mains...

Quand je m'arrêtai, à bout de souffle, je trouvai mon amoureux derrière moi :

— Oh ! vous m'avez suivie ? Comment ne vous... ai-je pas entendu courir ?

Il respirait vite, les yeux brillants sous ses sourcils irréguliers, les cheveux décollés par la course, — très charbonnier amoureux, et pas rassurant du tout.

— Je vous ai suivie... J'ai fait bien attention de courir au même pas que vous, pour que vous n'entendiez pas mes pieds... C'est très facile...

Oui... c'est très facile. Mais il fallait y penser. Je n'y aurais pas pensé, moi. Piquée, imprudente, et grisée encore d'une brutalité de nymphe, je lui riais en plein visage, le bravant. Je voulus, tentée, rallumer la jaune et méchante lumière au fond des belles prunelles sablées de gris et de roux... La menace y parut, mais je ne cédai pas, butée comme ces enfants insolents qui attendent, qui appellent la gifle. Et le châtiment vint, sous la forme d'un baiser coléreux, mal posé, un baiser raté, enfin, qui laissa ma bouche punie et déçue...

... Ce sont tous les instants de cette journée d'hier que je pèse scrupuleusement, tout en suivant le boulevard des Batignolles, — non pour les revivre avec complaisance, ni pour chercher une excuse. Il n'y a point d'excuse, sauf pour l'homme que j'ai provoqué. « Cela me ressemble si peu ! » m'écriais-je mentalement, hier, pendant que nous revenions vers Hamond, mécontents l'un de l'autre, et défiants... Eh ! qu'en sais-je ! « Tu n'as pas de plus redoutable ennemie que toi-même ! »... Fausse étourderie, fausse imprudence, voilà ce qu'on trouverait au fond de la pire impulsive, — et je ne suis pas la pire impulsive ! Il faut être sévère pour celles qui crient : « Ah ! je ne sais plus ce que je fais ! » et discerner dans leur désarroi une bonne part de ruse prévoyante...

Je n'admets point mon irresponsabilité, même partielle. Que dirai-je à cet homme, ce soir, s'il veut me serrer dans ses bras ? Que je ne veux pas, que je n'ai jamais voulu le tenter, que c'est un jeu ? que je lui offre mon amitié pour la période d'un mois et dix jours qui nous sépare de la tournée... Non ! Il va falloir prendre un parti ! Il va falloir prendre un parti...

Et je marche, je marche, pressant le pas chaque fois que la glace d'une vitrine me renvoie mon image, parce que je trouve à ma figure une expression un peu trop théâtrale de volonté soucieuse, avec des yeux pas assez convaincus sous des sourcils froncés... Je la connais, cette figure-là ! Elle se masque d'austérité, de renoncement, pour mieux attendre le petit miracle, le signe de mon maître le Hasard, le mot phosphorescent qu'il écrira sur le mur noir, quand j'aurai, cette nuit, éteint ma lampe...

Comme l'air sent bon, autour de ces voiturettes pleines de violettes mouillées et de jonquilles blanches. Un vieil homme tout moussu de barbe vend des perce-neige en pied, avec leur bulbe gangué de terre, et leur fleur en pendeloque qui a la forme d'une abeille. Leur parfum imite celui de l'oranger, mais si faible, presque insaisissable...

Voyons, voyons ! Il va falloir prendre un parti ! Je marche, je marche, comme si je ne savais pas qu'en dépit de mes sursauts d'énergie, de mes scrupules, de toute cette pénitence intérieure que je cherche à m'infliger, comme si je ne savais pas, déjà, que je ne prendrai pas *ce* parti-*là*, mais *l'autre* !...

Une fatigue !... Oh ! mais quelle fatigue !... Je me suis endormie après le déjeuner, comme il m'arrive parfois les jours de répétition, et je m'éveille si lasse ! Je m'éveille comme si j'arrivais des confins du monde, étonnée, triste, pensant à peine, l'œil hostile à mes meubles familiers. Un réveil, en vérité, pareil aux plus affreux des temps où je souffrais. Mais, puisque je ne souffre pas, pourquoi ?...

Je ne puis bouger. Je regarde, comme si elle ne m'appartenait pas, ma main pendante. Je ne reconnais pas l'étoffe de ma robe... Qui m'a découronnée, pendant que je dormais, de mon diadème de cheveux, roulés autour de mon front comme les tresses d'une grave et jeune Cérès ?... J'étais... j'étais... Un jardin... le ciel couleur de pêche rose au couchant... une voix enfantine, aiguë, qui répond aux cris des hirondelles... Oui, et ce bruit d'eau lointaine, tantôt puissant et tantôt assoupi : le souffle de la forêt... J'étais retournée au commencement de ma vie. Tant de chemin à faire pour me rejoindre, jusqu'ici ! J'appelle le sommeil enfui, le sombre rideau velouté qui m'abritait et qui vient de se retirer de moi, me laissant frissonnante et comme nue... Les malades qui se croient guéris connaissent ces reprises du mal ; elles les trouvent puérilement étonnés et plaintifs : « Mais je croyais que c'était fini ! » Pour un peu, je gémirais, à voix haute, — comme eux...

Funeste et trop doux sommeil, qui abolit en moins d'une heure le souvenir de moi-même ! D'où reviens-je, et sur quelles ailes, pour que si lentement j'accepte, humiliée, exilée, d'être moi-même ?... Renée Néré, danseuse et mime... Est-ce là le but qu'ont préparé mon enfance orgueilleuse et mon adolescence recueillie, passionnée, qui accueillit si intrépidement l'amour ?

Ô Margot, ma décourageante amie, que n'ai-je la force de me lever et de courir auprès de vous, et de vous dire... Mais vous n'estimez que mon courage, et je n'oserais défaillir devant vous. Il me semble que votre viril regard, la pression de votre petite main sèche, gercée par l'eau froide et le savon commun, savent mieux récompenser mon triomphe sur moi-même qu'aider mon quotidien effort.

Mon départ prochain ? La liberté ?... Peuh ! La liberté n'est vraiment éblouissante qu'au commencement de l'amour, du premier amour, le jour où l'on peut dire, en l'offrant à celui qu'on aime : « Prenez ! je voudrais vous donner davantage... »

Des villes nouvelles, des pays nouveaux, entrevus, frôlés à peine, qui se fondent dans le souvenir... Est-il des pays nouveaux, à qui tourne en rond comme un oiseau tenu par un fil ? Mon pauvre essor, repris chaque matin, n'abordera-t-il pas, chaque soir, au fatal « établissement de premier ordre » que me vantent Salomon et Brague ?

J'en ai vu tant, déjà, d'*établissements de premier ordre !* Côté public : une salle cruellement inondée de lumière, où la fumée lourde amortit à peine l'or des moulures. Côté artistes : des cases sordides, sans air, et l'escalier de fer aboutissant à des latrines immondes...

Il faudra donc, pendant quarante jours, soutenir cette lutte contre la fatigue, la mauvaise volonté blagueuse des machinistes, l'orgueil rageur des chefs d'orchestre provinciaux, la chère insuffisante des hôtels et des gares, — il faudra trouver et renouveler sans cesse en moi ce trésor d'énergie que réclame la vie des errants et des solitaires ? Il faudra lutter, enfin, — ah ! je ne saurais l'oublier ! — contre la solitude elle-même... Et pour arriver à quoi ? à quoi ? à quoi ?...

Quand j'étais petite, on me disait : « L'effort porte en soi sa récompense », et j'attendais, en effet, après le coup de collier, une récompense mystérieuse, accablante, une sorte de grâce sous laquelle j'eusse succombé. Je l'attends encore...

Un trille étouffé de sonnette, suivi de l'aboiement de ma chienne, me délivre enfin d'une si amère songerie. Et me voici debout, avec la surprise d'avoir sauté légèrement sur mes pieds, de recommencer facilement à vivre...

— Madame, dit Blandine à mi-voix, est-ce que M. Dufferein-Chautel peut entrer ?

— Non... un instant...

Poudrer mes joues, rougir mes lèvres, et disperser d'un coup de peigne les cheveux bouclés qui cachent mon front, c'est une besogne machinale, rapide et qui ne demande pas même le secours du miroir. On fait cela comme on se brosse les ongles, par convenance plutôt que par coquetterie.

— Vous êtes là, Dufferein-Chautel ? Vous pouvez entrer. Attendez, je donne la lumière...

Je n'ai aucun embarras à le revoir. Le fait que nos deux bouches se sont touchées hier, infructueusement, ne me gêne pas du tout en ce moment. Un baiser raté, c'est beaucoup moins grave qu'un échange complice de regards... Et je suis tout près de m'étonner qu'il ait, lui, l'air malheureux et frustré. Je l'ai appelé Dufferein-Chautel comme d'habitude, — comme s'il n'avait pas de prénom... Je le nomme toujours « Vous » ou « Dufferein-Chautel »... Est-ce à moi de le mettre à l'aise ? Soit.

— Eh bien ? Vous voilà ? Vous allez bien ?
— Je vais bien, je vous remercie.
— Vous n'en avez pas l'air.
— C'est que je suis malheureux ! ne manque-t-il pas de répondre.

Grand-Serin, va !... Je souris à son malheur, son petit malheur d'homme qui a mal embrassé la femme qu'il aime... Je lui souris d'assez loin, par dessus le chaste fleuve noir où je me baignais tout à l'heure... Je lui tends une coupe emplie de ses cigarettes favorites, un tabac blond et sucré qui sent le pain d'épices...

— Vous ne fumez pas aujourd'hui ?
— Si. Mais je suis malheureux tout de même.

Assis sur le divan, le dos aux coussins bas, il lance machinalement de longs jets de fumée par les narines, — j'allais dire les naseaux. Je fume aussi, par contenance, pour faire comme lui. Il est mieux, nu-tête. Le haut de forme l'enlaidit, et le feutre mou l'embellit jusqu'au rastaquouérisme... Il fume, les yeux au plafond, comme si la gravité des paroles qu'il prépare le détournait de s'occuper de moi. Ses cils longs et brillants — la seule parure féminine et sensuelle de ce visage qui pèche par excès de virilité — battent fréquemment et décèlent l'agitation, l'hésitation. Je l'entends respirer. J'entends aussi le tic-tac de ma petite pendule de voyage, et le tablier de la cheminée que secoue soudain le vent...

— Il pleut, dehors ?
— Non, dit-il en sursaut. Pourquoi me demandez-vous cela ?
— Pour savoir. Je ne suis pas sortie depuis le déjeuner, je ne sais pas quel temps il fait.
— Un temps quelconque... Renée !...

Il s'est redressé brusquement, en jetant sa cigarette. Il me prend les mains et me regarde de tout près, d'assez près pour que son visage me paraisse presque trop grand, avec les détails accusés, le grain de la peau, le coin palpitant et humide de ses larges yeux... Qu'il y a d'amour, oui, d'amour, dans ces yeux-là ! Hélas ! qu'ils sont parlants, et doux, et entièrement épris ! Et ces grandes mains qui serrent les miennes avec une force égale et communicative, comme je les sens convaincues !...

C'est la première fois que je laisse mes mains dans les siennes. Je crois dompter ma répugnance, d'abord, puis leur chaleur me détrompe, me persuade, et je vais céder au fraternel, au surprenant plaisir, ignoré depuis si longtemps, de me confier, sans paroles, à un ami, de m'appuyer un instant à lui, de me réconforter contre un être immobile et chaud, affectueux, silencieux... Oh ! jeter mes bras au cou d'un être, chien ou homme, d'un être qui m'aime !...

— Renée ! Comment, Renée, vous pleurez ?

— Je pleure ?

Mais c'est qu'il a raison ! La lumière danse, en mille rayons brisés et croisés, dans mes larmes suspendues. D'un coin de mouchoir je les essuie prestement, mais je ne songe pas à les nier. Et je souris à l'idée que j'allais pleurer... Depuis combien de temps n'ai-je pas pleuré ? il y a... des années, des années !...

Mon ami est bouleversé, et m'attire vers lui, et m'oblige — je ne fais pas grande défense ! — à m'asseoir auprès de lui, sur le divan. Ses yeux aussi sont humides, le pauvre ! car ce n'est qu'un homme, capable de feindre une émotion sans doute, mais non de la dissimuler...

— Mon enfant chérie, qu'est-ce que vous avez ?

Le cri étouffé, le tressaillement qui lui répondent, les oubliera-t-il ? je l'espère... « Mon enfant chérie... » Son premier mot de tendresse, c'est « Mon enfant chérie ! » Le même mot, et presque le même accent que *l'autre*...

Une peur enfantine m'arrache de ses bras, comme si *l'autre* venait de paraître à la porte, avec sa moustache à la Guillaume II, son menteur regard voilé, et ses terribles épaules, et ses courtes cuisses de paysan...

— Renée ! ma chérie ! si vous vouliez me parler un peu...

Mon ami est tout pâle, et ne tente pas de me reprendre... Qu'il ignore au moins le mal qu'il vient, innocemment, de me faire ! Je n'ai plus envie de pleurer. Mes lâches larmes délicieuses remontent vers leur source, lentement, laissant à ma gorge, à mes yeux, une brûlure... D'un signe, je rassure mon ami, en attendant que ma voix s'affermisse...

— Je vous ai fâchée, Renée ?

— Non, mon ami.

De moi-même, je reprends ma place à son côté, mais timidement, avec l'appréhension que mon geste, mes paroles provoquent une autre exclamation tendre, familière et détestée.

Son instinct l'avertit de ne point se réjouir d'une si prompte docilité. Le bras qui me soutient ne veut pas m'étreindre, et je ne retrouve plus la communicative chaleur, dangereuse, bienfaisante... Il m'aime assez, sans doute, pour deviner que, si je pose sur sa forte épaule une tête obéissante, il ne s'agit pas d'un don, mais d'un essai...

Mon front sur l'épaule d'un homme !... Est-ce que je rêve ? Je ne rêve, ni ne divague. Ma tête, mes sens, tout est paisible, — lugubrement paisible. Pourtant, dans la nonchalance qui me retient là, il y a mieux et plus que de l'indifférence, et si je joue, d'une main distraite et chaste, avec la tresse d'or fixée à son gilet, c'est que je me sens abritée, défendue, — à la manière du chat perdu qu'on recueille, et qui ne sait jouer et dormir que quand il a une maison...

Pauvre amoureux... à quoi songe-t-il, immobile, respectueux de mon silence ? Je renverse la tête pour le voir, et je baisse vite les yeux, éblouie, confondue par l'expression de cet homme. Ah ! que je l'envie d'aimer si fort, de puiser dans sa passion une telle beauté !

Il a rencontré mon regard et sourit héroïquement.

— Renée... Est-ce que vous croyez que vous m'aimerez, un jour, on ne sait pas quand ?

— Vous aimer ? Que je le voudrais, mon ami ! Vous n'avez pas l'air méchant, *vous*... Est-ce que vous ne sentez pas que je suis en train de m'attacher à vous ?

— De vous attacher à moi... C'est bien ce que je crains, Renée : ce n'est guère le chemin de l'amour...

Il a si profondément raison que je ne proteste pas.

— Mais... attendez... on ne sait pas... Peut-être que, quand je reviendrai de ma tournée... Et puis, enfin, une très, très grande amitié...

Il secoue la tête... Il n'a que faire de mon amitié, sans doute. Moi, je serais bien contente d'avoir un ami moins âgé, moins *fini* qu'Hamond, un vrai ami...

— Quand vous reviendrez... D'abord, si vous espériez réellement m'aimer un jour, Renée, vous ne songeriez pas à vous éloigner de moi. Dans deux mois comme à cette heure, c'est la même Renée qui tendra ses petites mains froides, avec des yeux qui ne laissent pas entrer mon regard, et cette bouche qui, même en s'offrant, ne se donne pas...

— Ce n'est pas ma faute... La voilà, pourtant, cette bouche... Tenez...

J'ai reposé ma tête sur son épaule, et je ferme les yeux, plus résignée que curieuse, puis je les rouvre au bout d'une seconde, étonnée qu'il ne se précipite pas, avec la hâte goulue d'hier... Il s'est seulement tourné un peu vers moi, et m'entoure commodément de son bras droit. Puis il réunit mes deux mains de sa main libre, se penche, et je vois s'approcher, lentement, cette sérieuse figure étrangère, cet homme que je connais si peu...

Il n'y a presque plus d'espace, presque plus d'air entre nos deux visages, et je respire brusquement, comme si je me noyais, avec un sursaut pour me dégager. Mais il tient mes mains et resserre son bras autour de ma taille. Je rejette inutilement ma nuque en arrière, au moment où la bouche de Maxime atteint la mienne...

Je n'ai pas fermé les yeux. Je fronce les sourcils, pour menacer au-dessus de moi ces prunelles qui cherchent à réduire, à éteindre les miennes. Car les lèvres qui me baisent, douces, fraîches, impersonnelles, sont bien les mêmes qu'hier, et leur inefficacité m'irrite... Soudain, elles changent, et je ne reconnais plus le baiser, qui s'anime, insiste, s'écrase et se reprend, se fait mouvant, rythmé, puis s'arrête comme pour attendre une réponse qui ne vient pas...

Je remue imperceptiblement la tête, à cause des moustaches qui frôlent mes narines, avec un parfum de vanille et de tabac miellé... Oh !... tout à coup... malgré moi... ma bouche s'est laissée ouvrir, s'est ouverte, aussi irrésistiblement qu'une prune mûre se fend au soleil... De mes lèvres jusqu'à mes flancs, jusqu'à mes genoux, voici que renaît et se propage cette douleur exigeante, ce gonflement de blessure qui veut se rouvrir et s'épancher, — la volupté oubliée...

Je laisse l'homme qui m'a réveillée boire au fruit qu'il presse. Mes mains, raidies tout à l'heure, s'abandonnent chaudes et molles dans sa main, et mon corps renversé cherche à épouser son corps. Pliée sur le bras qui me tient, je creuse son épaule un peu plus, je me serre contre lui, attentive à ne pas disjoindre nos lèvres, attentive à prolonger confortablement notre baiser.

Il comprend et acquiesce, d'un petit grondement heureux... Enfin sûr que je ne fuirai pas, c'est lui qui s'écarte de moi, respire et me contemple, en mordant sa bouche mouillée. Je laisse tomber mes paupières, je n'ai plus besoin de le voir. Peut-être va-t-il me dévêtir et s'emparer de moi tout à fait... Il n'importe. Une joie irresponsable et paresseuse me baigne... Rien ne presse, sauf que ce baiser recommence. Nous avons tout le temps... Fier, mon ami me ramasse à pleins bras comme une gerbe, pour me coucher à demi sur le divan, où il me rejoint. Sa bouche a le goût de la mienne, à présent, et l'odeur légère de ma poudre de riz... Elle veut se faire nouvelle, cette bouche savante, et varier encore la caresse, — mais déjà j'ose indiquer ma préférence pour un baiser presque immobile, long, assoupi, — le lent écrasement, l'une contre l'autre, de deux fleurs, où vibre seulement la palpitation de deux pistils accouplés...

Maintenant, nous nous reposons. Une grande trêve, où nous reprenons haleine. C'est moi qui l'ai quitté, cette fois, et qui me suis levée avec le besoin de tordre mes bras, de m'étirer, de grandir. J'ai pris, pour rajuster mes cheveux et mirer mon nouveau visage, la glace à main, et je ris de nous y voir à tous deux ces traits ensommeillés, ces lèvres tremblantes, brillantes, un peu enflées. Maxime est demeuré sur le divan, et son muet appel reçoit la plus flatteuse réponse : mon regard de chienne soumise, un peu penaude, un peu battue, très choyée, et qui accepte tout, — la laisse, le collier, la place aux pieds du maître...

Il est parti. Nous avons dîné ensemble, n'importe comment : Blandine a fait des côtelettes en sauce, avec des cornichons... Je mourais de faim. « Et l'amour comblant, tout, hormis... » disait-il, pour montrer qu'il a lu Verlaine.

La fin du dîner ne nous a point rejetés aux bras l'un de l'autre, et nous ne sommes pas amants, car il est pudique, et l'impromptu me déplaît... Mais je me suis engagée, promise joyeusement, sans coquetterie :

— Nous avons tout le temps, n'est-ce pas, Max ?
— Pas trop, chérie ! Je suis si vieux, depuis que je vous attends !

Si vieux... Il ne sait pas mon âge...

Il est parti, il reviendra demain... Il ne pouvait se détacher de moi, et j'avais peur de faiblir, je le repoussais de mes bras étendus... J'avais chaud, et il me flairait avec emportement, comme prêt à mordre... Enfin, il est parti. Je dis « enfin », parce que je vais pouvoir penser à lui, à nous...

« L'amour... » a-t-il dit. Est-ce l'amour ? Je voudrais en être sûre. Est-ce que je l'aime ? Ma sensualité m'a fait peur ; — mais ce ne sera peut-être qu'une crise, un débordement de ma force bridée si longtemps, et, après, je m'apercevrai que je l'aime ? Oui, je l'aime, sans doute... S'il revenait frapper à mon volet... Oui, certainement, je l'aime. Je me penche, émue, vers le souvenir de certaines intonations qu'il eut aujourd'hui, — l'écho de son petit grondement amoureux suffit à me faire perdre le souffle, — et puis, qu'il était bon, et fort, et secourable à ma solitude, lorsque j'ai mis ma tête sur son épaule !... Mais oui, je l'aime ! Qui m'a rendue si craintive ? Je n'y mettais pas tant de façons, lorsque...

Sur quelle tombe ma pensée vient-elle imprudemment de buter ? Il est trop tard pour fuir, — j'ai rencontré une fois de plus ma conseillère sans pitié, celle qui me parle de l'autre côté du miroir...

« Tu n'y mettais pas tant de façons, lorsque l'amour, fondant sur toi, te trouva si folle et si brave ! Tu ne t'es pas demandé, ce jour-là, *si c'était l'amour* ! Tu ne pouvais t'y tromper : c'était lui, l'amour, le *premier amour*. C'était lui, et ce ne sera plus jamais lui ! Ta simplesse de petite fille n'a pas hésité à le reconnaître et ne lui a marchandé ni ton corps, ni ton cœur enfantin. C'était lui, qui ne s'annonce point, qu'on ne choisit pas, qu'on ne discute pas. Et ce ne sera plus jamais lui ! Il t'a pris ce que tu peux donner seulement une fois : ta confiance, l'étonnement religieux de la première caresse, la nouveauté de tes larmes, la fleur de ta première souffrance !... Aime, si tu peux ; cela te sera sans doute accordé, pour qu'au meilleur de ton pauvre bonheur tu te souviennes encore que rien ne compte, en amour, hormis le premier amour, — pour que tu subisses, à chaque instant, la punition de te souvenir, l'horreur de comparer ! Même quand tu diras : « Ah ! ceci est meilleur ! » tu pâtiras de comprendre que rien n'est bon, qui n'est unique ! Il y a un Dieu qui dit au pécheur : « Tu ne me chercherais pas, si tu ne m'avais déjà trouvé... » mais l'Amour n'a pas tant de miséricorde : « Toi qui m'as trouvé une fois, dit-il, tu me perds à jamais ! » Tu croyais, en le perdant, avoir tout souffert ? ce n'est pas fini ! Savoure, en cherchant à ressusciter ce que tu fus, ta déchéance ; taris, à chaque festin de ta nouvelle vie, le poison qu'y versera le premier, le seul amour !... »

Il va falloir que je parle à Margot, que je lui avoue l'événement, ce coup de soleil qui embrase ma vie... Car, c'en est fait, nous nous aimons. C'en est fait et, d'ailleurs, j'y suis résolue. J'ai envoyé au diable tous mes souvenirs-et-regrets, et ma manie, comme je dis, du filigrane sentimental, et mes *si*, mes *car*, mes *mais*, mes *cependant*...

Nous nous voyons à toute heure, il m'entraîne, m'étourdit de sa présence, m'empêche de penser. Il décide, il ordonne presque, et je lui fais, en même temps que l'hommage de ma liberté, celui de mon orgueil, puisque je tolère qu'arrive chez moi une abondance gaspilleuse de fleurs, de fruits de l'été prochain, — et je porte, épinglée à mon cou, une fléchette scintillante, comme fichée dans ma gorge, toute saignante de rubis.

Et pourtant nous ne sommes pas amants ! Patient désormais, Max s'impose et m'impose des fiançailles étrangement déprimantes, qui, en moins d'une semaine, nous ont déjà un peu maigris et alanguis. Ce n'est pas vice, chez lui, c'est coquetterie d'homme qui veut se faire désirer et me laisser en même temps, aussi longtemps que je voudrai, un fallacieux « libre arbitre »...

Il ne me reste pas grand'chose à souhaiter, d'ailleurs... Et je ne tremble à présent que devant cette ardeur ignorée, jaillie de moi au premier contact, toujours sauvagement prête à lui obéir... L'heure qui nous joindra tout à fait, oui, il a raison de la retarder. Je sais à présent tout ce que je vaux, et la magnificence du don qu'il recevra. Son espoir le plus exaspéré, je le dépasserai, j'en suis sûre ! Qu'il grappille, un peu, son verger, s'il veut...

Et il veut souvent. Pour mon plaisir et pour mon inquiétude, le hasard a mis, en ce grand garçon d'une beauté simple et symétrique, un amant subtil, créé pour la femme, et si divinateur que sa caresse semble penser en même temps que mon désir. Il me fait songer, — j'en rougis, — au mot d'une luxurieuse petite camarade de music-hall, qui me vantait l'habileté d'un nouvel amant : « Ma chère, on ne ferait pas mieux soi-même ! »

Mais... il va falloir que j'avertisse Margot ! Pauvre Margot que j'oublie... Quant à Hamond, il a disparu. Il sait tout, grâce à Max, et s'écarte de ma demeure comme un parent discret...

Et Brague ! Oh ! la tête de Brague à notre dernière répétition ! Sa plus belle grimace de Pierrot accueillit mon arrivée dans l'automobile de Max, mais il ne dit rien encore. Il témoigna même d'une courtoisie singulière et imméritée, car je fus, ce matin-là, gaffeuse, absente, prompte à rougir et à m'excuser. Enfin, il éclata :

— Fous le camp ! Retournes-y ! Prends-en ton content, et ne rapplique ici que quand tu en auras jusque-là !...

Plus je riais, plus il fulminait, pareil à un petit diable asiatique :

— Rigole, va, rigole ! Si tu voyais la gueule que t'as !

— Ma gu... !

— Elle en veut, elle en demande, ta gueule ! Ne lève pas les yeux sur moi, Messaline !... Vous la voyez ! criait-il en prenant à témoin des dieux invisibles : elle montre ces calots-là en plein midi ! et quand je réclame, pour la scène d'amour de la Dryade, d'en mettre tant et plus, et de me mouiller un peu ça, elle vous sort un carafon de première communiante !

— Est-ce que *ça* se voit vraiment ? demandais-je à Max qui me ramenait chez moi.

Le miroir, — le même qui refléta, l'autre soir, ma glorieuse figure de défaite, — encadre un visage effilé, au sourire défiant de renard aimable. Je ne sais quelle flamme, pourtant, y passe et repasse, le fardant, si je puis dire, d'une jeunesse harassée...

J'avouerai donc tout à Margot : ma rechute, mon bonheur, le nom de celui que j'aime... Il m'en coûte. Margot n'est pas la femme du « Je te l'avais bien dit ! » mais je crois que je vais, sans qu'elle le manifeste, l'attrister, la décevoir. « Chatte échaudée, tu retourneras à la chaudière ! » Certes, j'y retourne, et de quel cœur !...

Je trouve Margot immuablement pareille à elle-même dans le grand atelier où elle dort, se nourrit, et élève ses chiens brabançons. Grande, droite, en blouse moscovite et longue veste noire, elle penche sa pâle figure aux joues romaines, ses rudes cheveux gris coupés au-dessous de l'oreille, sur un panier où remue un petit avorton jaune, un minuscule chien en chemise de flanelle qui lève vers elle un front bossué de bonze, de beaux yeux implorants d'écureuil... Autour de moi jappent et frétillent six bestioles effrontées, qu'un claquement de fouet précipite dans leurs niches de paille.

— Comment, Margot, encore un brabançon ? C'est de la passion !

— Ah ! Dieu, non ! dit Margot qui s'assied en face de moi, berçant sur ses genoux la bête malade. Je ne l'aime pas, cette pauvrette-là.
— On vous l'a donnée ?
— Non, je l'ai achetée, — naturellement. Ça m'apprendra à ne plus passer devant le marchand de chiens, cette vieille fripouille d'Hartmann. Si tu avais vu cette brabançonne dans la vitrine, avec sa petite figure de rat malade, et cette épine dorsale en chapelet saillant, et surtout ces yeux... Il n'y a plus guère qu'une chose qui me touche, tu sais, c'est le regard d'un chien à vendre... Alors je l'ai achetée. Elle est à moitié claquée d'entérite ; ça ne se voit jamais chez le marchand : on les dope au cacodylate... Dis-moi, mon enfant, il y a bien longtemps que je ne t'ai vue : tu travailles ?
— Oui, Margot, je répète...
— Ça se voit, tu es fatiguée.
Elle me prend le menton, de son geste familier, pour renverser et attirer mon visage. Troublée, je ferme les yeux...
— Oui, tu es fatiguée... Tu as vieilli, dit-elle d'un ton de voix profond.
— Vieilli !... Oh ! Margot !...
Tout mon secret m'échappe dans ce cri de douleur, avec un flot de larmes. Je me réfugie contre ma sévère amie, qui me caresse l'épaule, avec le « Pauvre petit ! » dont elle rassurait tout à l'heure la brabançonne malade...
— Allons, allons, pauvre petit, allons... Ça va passer. Tiens, voilà de l'eau boriquée pour laver tes yeux. Je venais justement d'en faire pour les yeux de Mirette. Pas avec ton mouchoir ! prends du coton hydrophile... Là !... Pauvre petit, tu as donc bien besoin de ta beauté, en ce moment-ci ?
— Oh ! oui... oh ! Margot...
— « Oh ! Margot ! » Dirait-on pas que je t'ai battue ? Regarde-moi ! Tu m'en veux beaucoup, pauvre petit ?
— Non, Margot...
— Tu sais bien, poursuit-elle de sa voix égale et douce, que tu dois trouver toujours chez moi toute espèce de secours, même le plus cuisant de tous : la vérité... Qu'est-ce que je t'ai dit ? Je t'ai dit : tu as vieilli...
— Oui... Oh ! Margot...
— Allons, ne recommence pas ! Mais tu as vieilli *cette semaine* ! tu as vieilli *aujourd'hui* ! Demain, ou dans une heure, tu auras cinq ans de

moins, dix ans de moins... Si tu étais venue hier, ou demain, je t'aurais dit sans doute : « Tiens, tu as rajeuni ! »

— Songez donc, Margot, j'ai bientôt trente-quatre ans !

— Plains-toi ! j'en ai cinquante-deux.

— Ce n'est pas la même chose. Margot, j'ai tant besoin d'être jolie, d'être jeune, d'être heureuse... J'ai... Je...

— Tu as un amant ?

Sa voix est toujours douce, mais l'expression de son visage a changé légèrement.

— Je n'ai pas d'amant, Margot ! Seulement, il est hors de doute que... je vais en avoir un. Mais... je l'aime, vous savez !

Cette manière de niaise excuse égaie Margot.

— Ah ! tu l'aimes ?... Lui aussi t'aime ?

— Oh !

D'un geste orgueilleux, je garantis mon ami du moindre soupçon.

— C'est bien. Et... quel âge a-t-il ?

— Juste mon âge, Margot : tout près de trente-quatre ans.

— C'est... c'est bien.

Je ne trouve plus rien à ajouter. Je suis affreusement gênée. J'espérais, le premier embarras passé, bavarder ma joie, raconter tout de mon ami, la couleur de ses yeux, la forme de ses mains, sa bonté, son honnêteté...

— Il est... il est très gentil, vous savez, Margot... risqué-je timidement.

— Tant mieux, mon enfant. Vous avez des projets tous deux ?

— Des projets ? non... Nous n'avons encore pensé à rien... On a le temps...

— C'est juste : on a bien le temps... Et la tournée, qu'est-ce qu'elle devient dans tout ça ?

— Ma tournée ? Eh bien ! Ça n'y change rien.

— Tu emmènes ton... ton individu ?

Je ne puis, tout humide de larmes, m'empêcher de rire : Margot désigne mon ami avec une discrétion dégoûtée, comme si elle parlait de quelque chose de sale !

— Je l'emmène, je l'emmène... c'est-à-dire... À la vérité, Margot, je n'en sais rien. Je verrai...

Ma belle-sœur hausse les sourcils :

— Tu n'en sais rien ! tu n'as pas de projets ! tu verras !... Vous êtes étonnants, ma parole ! À quoi pensez-vous donc ? Vous n'avez pourtant que ça à faire : projeter, préparer votre avenir !

— L'avenir... Oh ! Margot, je ne l'aime pas ! Préparer l'avenir ! Brr... Il se prépare bien tout seul, et il arrive si vite...

— Est-il question d'un mariage, ou d'un collage ?

Je ne réponds pas tout de suite, gênée, pour la première fois, par le vocabulaire assez cru de la chaste Margot...

— Il n'est question de rien... On fait connaissance tous les deux, on s'apprend...

— On s'apprend !

Margot m'observe, la bouche pincée, avec une cruelle gaieté dans ses petits yeux lumineux.

— On s'apprend !... Je vois : c'est la période où l'on parade l'un pour l'autre, hein ?

— Je vous assure, Margot, nous ne paradons guère, dis-je en me forçant à sourire. Ce jeu-là est bon pour de tout jeunes amants, et nous ne sommes plus, lui ni moi, de tout jeunes amants.

— Raison de plus ! réplique Margot, impitoyable. Vous avez plus de choses à vous cacher... Ma petite, ajoute-t-elle doucement, tu sais bien qu'il faut rire de ma manie. Le mariage m'apparaît comme une chose si monstrueuse ! T'ai-je assez fait rire en te racontant que, dès mes premiers jours de ménage, j'ai refusé de faire chambre commune avec mon mari, parce que je trouvais immoral de vivre aussi près d'un jeune homme étranger à ma famille ! C'est de naissance, que veux-tu ? je ne me corrigerai pas... Tu ne m'as pas amené Fossette aujourd'hui ?

Je fais, comme Margot, effort pour m'égayer :

— Non, Margot. Votre meute lui a fait un si mauvais accueil, la dernière fois !

— C'est vrai. Elle n'est pas brillante, ma meute, en ce moment ! Venez, les éclopées !

Elles ne se le font pas dire deux fois. D'une rangée de niches surgissent, petit troupeau grelottant et misérable, une demi-douzaine de chiens dont le plus gros tiendrait dans un fond de chapeau. Je connais presque tous ceux-ci, sauvés par Margot du « marchand de chiens », arrachés à ce commerce imbécile et malfaisant qui parque, en vitrine, des bêtes malades, gavées ou affamées, alcoolisées... Quelques-unes sont redevenues, chez elle, des animaux sains, gais, robustes ; mais d'autres gardent à jamais l'estomac détraqué, la peau dartreuse, une hystérie indélébile... Margot les soigne de son mieux, découragée de penser que sa charité ne sert à rien et qu'il y aura éternellement des « chiens de luxe » à vendre...

La chienne malade s'est endormie. Je ne trouve rien à dire... Je regarde la grande chambre qui a toujours l'air un peu d'une infirmerie, avec ses fenêtres sans rideaux. Sur une table s'alignent des flacons de pharmacie, des bandes roulées, un thermomètre minuscule, une toute petite poire en caoutchouc pour les lavements des chiens. Ça sent la teinture d'iode et le crésyl-Jeyes... J'ai brusquement envie de m'en aller, de retrouver tout de suite, oh ! tout de suite ! ma case étroite et chaude, le divan creusé, les fleurs, l'ami que j'aime...

— Adieu, Margot, je m'en vais...

— Va, mon enfant.

— Vous ne m'en voulez pas trop ?

— De quoi donc ?

— D'être si folle, ridicule, amoureuse enfin... Je m'étais tellement promis...

— T'en vouloir ? Pauvre petit, ça serait bien méchant !... Un nouvel amour... Tu ne dois pas être à la noce... Pauvre petit !...

J'ai hâte de revenir chez moi. Je me sens gelée, contractée, et si triste !... C'est égal, ouf ! c'est fait : j'ai tout dit à Margot. J'ai reçu la douche que j'attendais, et je cours me sécher, m'ébrouer, m'épanouir à la flamme... Ma voilette, baissée, cache les traces de mon chagrin, et je cours, — je cours vers lui !

— Monsieur Maxime est là qui attend Madame.

Car ma femme de chambre Blandine dit à présent : « Monsieur Maxime », tendrement, comme si elle parlait de son nourrisson.

Il est là !

Je me jette dans ma chambre et m'y enferme : qu'il ne voie pas mon visage ! Vite ! la poudre de riz, le koheul, le bâton de raisin... Oh ! là, sous l'œil, ce sillon nacré, attendri... « Tu as vieilli... » Sotte, qui t'en vas pleurer comme une petite fille ! N'as-tu pas appris à « souffrir à sec » ? Où est le temps de mes pleurs étincelants, roulant sans le mouiller sur le velours de ma joue ? Pour reconquérir mon mari, j'ai su, autrefois, me parer de mes larmes, lorsque je pleurais vers lui, le visage levé, les yeux grands ouverts, et secouant sans les essuyer les lentes perles qui me faisaient plus belle... Pauvre que je suis !

— Enfin, vous voilà, ma chérie, ma parfumée, mon appétissante, ma...

— Mon Dieu ! que vous êtes bête !

— Oh ! oui ! soupire mon ami avec une conviction extasiée.

Il se livre à son jeu favori, qui est de m'enlever dans ses bras jusqu'à toucher le plafond, et il m'embrasse sur les joues, sur le menton, sur les oreilles, sur la bouche. Je me débats, assez pour qu'il soit obligé de montrer sa force. Notre lutte finit à son avantage, et il me fait basculer complètement sur son bras, tête en bas et pieds en l'air, jusqu'à ce que je crie : « Au secours ! » et qu'il me remette debout. La chienne se précipite pour me défendre, et le jeu rude, qui me plaît, se mêle d'aboiements enroués, de cris et de rires...

Ah ! que c'est bon, cette stupidité saine ! Le gai camarade que j'ai là, insoucieux de paraître spirituel comme de déranger sa cravate !... Qu'il fait tiède, ici, et comme notre rire de jouteurs qui s'affrontent se change vite en défi voluptueux ! Il la dévore, son « appétissante », il la savoure lentement, en gourmet...

— Comme tu serais bonne à manger, ma chérie !... Ta bouche est sucrée, mais tes bras, quand je les mords, sont salés, un tout petit peu, et ton épaule, et tes genoux... J'en suis sûr, tu es salée de la tête aux pieds, comme une coquille fraîche, dis ?...

— Vous ne le saurez que trop tôt, Grand-Serin !

Car je l'appelle encore « Grand-Serin », mais... avec un autre accent.

— Quand ?... Ce soir ? C'est jeudi, aujourd'hui, n'est-ce pas ?

— Je crois... oui... pourquoi ?

— Jeudi... c'est un très bon jour...

Il dit des choses bêtes, très heureux, renversé entre des coussins écroulés. Une mèche de cheveux lui barre l'œil, il a ses yeux vagues des grandes crises de désir et entr'ouvre la bouche pour respirer. Un beau gars de campagne, un bûcheron qui « sieste » sur l'herbe, voilà ce qu'il redevient, — non pour me déplaire, — à chaque attitude abandonnée...

— Levez-vous, Max : nous avons à causer sérieusement...

— Je ne veux pas qu'on me fasse de la peine ! soupire-t-il plaintivement.

— Max, voyons !

— Non ! Je sais ce que ça veut dire, causer sérieusement... C'est le mot de maman chaque fois qu'elle veut parler affaires, argent, ou mariage !

Il s'enfonce dans les coussins et ferme les yeux. Ce n'est pas la première fois qu'il montre cette frivolité obstinée...

— Max ! Vous vous souvenez que je pars le 5 avril ?

Il entr'ouvre ses paupières aux longs cils féminins et me flatte d'un long regard :

— Vous partez, chérie ? Qui donc a décidé ça ?

— Salomon, impresario, et moi.

— Bon. Mais je n'ai pas encore donné mon consentement... Enfin, soit. Vous partez. Eh bien ! vous partez avec moi.

— Avec vous ! dis-je effarée... Vous ne savez donc pas ce que c'est qu'une tournée ?

— Si. C'est le voyage... avec moi !

Je répète :

— Avec vous ? Pendant quarante-cinq jours ! Vous n'avez donc rien à faire ?

— Oh ! si ! Depuis que je vous connais, je n'ai pas une minute à moi, Renée.

C'est gentiment répondu, mais...

Je contemple, déconcertée, cet homme qui n'a rien à faire, qui trouve de l'argent dans sa poche à toute heure... Il n'a rien à faire, c'est vrai, je n'y avais jamais songé ! Il n'a pas de métier : aucune sinécure ne déguise sa liberté d'oisif... Comme c'est étrange ! je n'avais jamais connu, avant lui, d'homme inoccupé... Il peut se donner tout entier, jour et nuit, à l'amour, comme... comme une grue...

Cette idée baroque que, de nous deux, c'est lui la courtisane, me cause une brusque gaieté, et ses sourcils susceptibles se rapprochent...

— Qu'est-ce que c'est ? Tu ris ?... Tu ne partiras pas !

— Voyez-vous ça ! Et mon dédit ?

— Je le paye.

— Et le dédit de Brague ? Et celui du Vieux Troglodyte ?

— Je les paye.

Même si c'est une plaisanterie, elle ne me plaît qu'à demi. Puis-je encore douter que nous nous aimons ? nous voici au bord de la première querelle !...

Je me trompais, car voici mon ami près de moi, presque à mes pieds :

— Ma Renée, vous ferez ce que vous voudrez, vous le savez bien !

Mais il a posé sa main sur mon front, et ses yeux s'attachent aux miens, pour y lire l'obéissance... Ce que je voudrai ? Hélas ! pour l'instant, je ne veux que lui !

— C'est encore l'*Emprise* que vous allez jouer, en tournée ?

— Nous emportons la *Dryade* aussi... Oh ! que vous avez une belle cravate violette ! elle vous fait tout jaune !

— Laissez ma cravate ! L'*Emprise*, la *Dryade*, tout ça, ce sont des prétextes pour montrer vos belles jambes, et le reste !

— Plaignez-vous-en ! N'est-ce pas sur les planches que ce « reste » eut l'honneur de vous être présenté ?

Il me serre contre lui, à me faire mal :

— Taisez-vous ! je me souviens ! Tous les soirs, pendant cinq jours, je me suis dit des choses pénibles, et chaque fois définitives. Je me trouvais stupide de venir à l' « Emp'Clich' », comme tu dis, et quand tu sortais de scène, je m'en allais en m'injuriant. Et puis, le lendemain, je transigeais lâchement : « C'est bien le dernier soir qu'on me verra dans cette boîte ! Mais je voudrais être sûr de la nuance des yeux de Renée Néré, et puis, hier, je n'ai pas pu arriver au commencement. » Enfin, j'étais déjà idiot !

— Déjà idiot ! Vous avez l'euphémisme savoureux, Max ! Ça me semble si étrange qu'on puisse s'éprendre d'une femme rien qu'en la regardant...

— Ça dépend de la femme qu'on regarde. Vous ne connaissez rien à ces choses, Renée Néré… Figure-toi : j'ai passé une heure au moins, après t'avoir vu mimer l'*Emprise* pour la première fois, à crayonner le schéma de ton visage. J'y ai réussi, et j'ai répété je ne sais combien de fois, dans les marges d'un livre, un petit dessin géométrique lisible pour moi seul… Il y avait aussi, dans ta pantomime, une minute où tu m'emplissais d'une joie insupportable : c'est quand tu lisais, assise sur la table, la lettre menaçante de l'homme que tu trompais. Tu sais ? tu te claquais la cuisse, en te renversant de rire, et on entendait que ta cuisse était nue sous ta robe mince. Tu faisais le geste robustement, en jeune poissarde, mais ton visage brûlait d'une méchanceté si aiguë et si fine, si supérieure à ton corps accessible… Tu te rappelles ?

— Oui, oui… comme ça… Brague était content de moi, à cette scène-là… Mais ça, Max, c'est de… de l'admiration, du désir ! ça s'est changé en amour, depuis ?

Il me regarde très surpris :

— Changé ? Je n'y ai jamais songé. Je vous aimais, sans doute, dès cette heure-là. Il y a beaucoup de femme plus belles que vous, mais…

Il exprime, d'un mouvement de main, tout ce qu'il y a d'incompréhensible, d'irrémédiable dans l'amour…

— Max, si vous étiez tombé, pourtant, au lieu d'une bonne petite bourgeoise comme moi, sur une rosse habile et froide, et méchante comme la teigne ? Cette crainte-là ne vous a pas retenu ?

— Elle ne m'est pas venue, dit-il en riant. Quelle drôle d'idée. On ne pense pas à tant de choses, quand on aime, voyons !

Il y a de ces mots qui me châtient, moi qui pense à tant de choses !

— Petite, murmure-t-il, pourquoi fais-tu du café-concert ?

— Grand-Serin, pourquoi ne faites-vous pas de l'ébénisterie ? Ne me répondez pas que vous avez le moyen de vivre autrement, je le sais ! Mais, moi, que voulez-vous que je fasse ? De la couture, de la dactylographie, ou le trottoir ? Le music-hall, c'est le métier de ceux qui n'en ont appris aucun.

— Mais…

J'entends, à sa voix, qu'il va dire quelque chose de grave et d'embarrassant. Je relève ma tête qui reposait sur son épaule, et j'observe attentivement ce visage au nez droit et dur, les farouches sourcils qui abritent les yeux tendres, la moustache drue où se cache une bouche petite, aux lèvres habiles…

— Mais, chérie, vous n'avez plus besoin de music-hall, puisque je suis là, et que…

— Chut !

Je le presse de se taire, agitée, presque effrayée. Oui, il est là, prêt à toutes les générosités. Mais cela ne me concerne pas, je ne veux pas que cela me concerne. Je ne parviens pas à tirer, du fait que mon ami est riche, une conclusion personnelle. Je n'arrive pas à lui ménager, dans mon avenir, la place qu'il ambitionne. Cela viendra, sans doute. Je m'y habituerai. Je ne demande pas mieux que de mêler ma bouche à la sienne, et d'éprouver par avance que je lui appartiens, et je ne puis associer sa vie à ma vie ! S'il m'annonçait : « Je me marie ! » il me semble que je lui répondrais poliment : « Toutes mes félicitations ! » en pensant au fond de moi : « Cela ne me regarde pas. » Et pourtant je n'aimais guère, il y a quinze jours, qu'il détaillât avec tant de complaisance la petite Jadin...

Complications sentimentales, chichis, coupage de cheveux en quatre, soliloques psychologiques... Dieu ! que je suis ridicule ! Est-ce qu'au fond ce ne serait pas plus honnête, et plus digne d'une amoureuse, de lui répondre : « Mais oui, tu es là ! puisqu'on s'aime, c'est à toi que je demande tout. C'est si simple ! Si je t'aime vraiment, tu me dois tout, et le pain impur est celui qui ne me vient pas de ta main. »

C'est très bien, ce que je pense là. Je devrais le dire tout haut, au lieu de me taire câlinement, en frottant ma joue contre la joue rasée de mon ami, qui est douce à la façon d'une pierre ponce très douce.

Mon vieil Hamond s'obstinait, depuis tant de jours, à rester chez lui, en alléguant ses rhumatismes, la grippe, un travail pressé, que je l'ai mis en demeure d'accourir. Il n'a pas tardé davantage, et sa mine, discrète et dégagée, de parent en visite chez des jeunes mariés, double ma joie de le revoir.

Nous voici en tête à tête affectueux, comme autrefois...

— Comme autrefois, Hamond ! Et pourtant, quel changement !

— Dieu merci, mon enfant ! Allez-vous être enfin heureuse ?

— Heureuse ?

Je le regarde avec un sincère étonnement.

— Non, je ne serai pas heureuse. Je n'y songe même pas. Pourquoi serais-je heureuse ?

Hamond claque de la langue : c'est sa façon de me gronder. Il croit à un accès de neurasthénie.

— Allons, allons, Renée... Ça ne va donc pas aussi bien que je le croyais ?

J'éclate de rire, très gaie :

— Mais si, Hamond, ça va ! ça ne va que trop bien ! On commence, j'en ai peur, à s'adorer.

— Eh bien ?

— Eh bien ! vous trouvez qu'il y a là de quoi me rendre heureuse ?

Hamond ne peut s'empêcher de sourire, et c'est à mon tour de mélancoliser :

— À quels tourments m'avez-vous de nouveau jetée, Hamond ? Car c'est vous, avouez-le, c'est vous... Des tourments, ajouté-je plus bas, que je n'échangerais pas pour les meilleures joies.

— Eh ! jette Hamond soulagé, au moins, vous voilà sauvée de ce passé qui fermentait encore en vous ! J'en avais assez, vraiment, de vous voir assombrie, défiante, repliée dans le souvenir et la crainte de Taillandy ! Pardonnez-moi, Renée, mais j'aurais fait de bien vilaines choses pour vous doter d'un nouvel amour !

— Vraiment ! Pensez-vous qu'un « nouvel amour », comme vous dites, détruise le souvenir du premier, ou... le ressuscite ?

Déconcerté par l'âpreté de ma question, Hamond ne sait que dire. Mais il a touché si maladroitement ma place malade !... Et puis il n'est qu'un homme : il ne sait pas. Il a dû aimer tant de fois : il ne sait plus... Sa consternation m'attendrit.

— Non, mon ami, je ne suis pas heureuse. Je suis... mieux ou pis que ça. Seulement... je ne sais pas du tout où je vais. J'ai besoin de vous dire cela, avant d'être tout à fait la maîtresse de Maxime...

— Ou sa femme !

— Sa femme ?

— Pourquoi pas ?

— Parce que je ne veux pas !

Ma réponse précipitée a devancé mon raisonnement, — la bête saute loin du piège avant de l'avoir vu...

— Ça n'a pas d'importance, d'ailleurs, dit Hamond négligemment. C'est la même chose.

— Vous croyez que c'est la même chose ? Pour vous, peut-être, et pour beaucoup d'hommes. Mais pour moi ! Souvenez-vous, Hamond, de ce que fut pour moi le mariage... Non, il ne s'agit pas des trahisons, vous vous méprenez ! Il s'agit de la domesticité conjugale, qui fait de tant d'épouses une sorte de *nurse* pour adulte... Être mariée, c'est... comment dire ? c'est trembler que la côtelette de Monsieur soit trop cuite, l'eau de Vittel pas assez froide, la chemise mal empesée, le faux col mou, le bain brûlant, — c'est assumer le rôle épuisant d'intermédiaire-tampon entre la mauvaise humeur de Monsieur, l'avarice de Monsieur ; la gourmandise, la paresse de Monsieur...

— Vous oubliez la luxure, Renée, interrompt doucement Hamond.

— Fichtre non, je ne l'oublie pas !... Le rôle de médiatrice, je vous dis, entre Monsieur et le reste de l'humanité. Vous ne pouvez pas savoir, Hamond, vous avez été si peu marié ! Le mariage, c'est... c'est : « Noue-moi ma cravate !... Fous la bonne à la porte !... Coupe-moi les ongles des pieds. Lève-toi pour me faire de la camomille... Prépare-moi un lavement... » C'est : « Donne-moi mon complet neuf, et remplis ma valise, pour que je file *la retrouver*... » Intendante, garde-malade, bonne d'enfant, — assez, assez, assez !

Je finis par rire de moi et de la longue figure scandalisée de mon vieil ami...

— Mon Dieu, Renée, que vous me chagrinez donc, avec cette manie de généralisation ! « Dans ce pays, toutes les servantes sont rousses ! » On n'épouse pas toujours Taillandy ! Et je vous jure bien que pour mon humble part, j'aurais rougi de demander à une femme un de ces menus services qui... Bien au contraire !...

Je bats des mains :

— Chic ! Je vais tout savoir ! « Bien au contraire ! » Je suis sûre que vous n'aviez pas votre pareil pour boutonner les bottines ou écraser les

« puces » d'une jupe-tailleur ? Hélas ! tout le monde ne peut pas épouser Hamond !...

Après un silence, je reprends avec une lassitude véritable :

— Laissez-moi généraliser, comme vous dites, malgré l'unique épreuve dont je me sens encore fourbue. Je ne suis plus assez jeune, ni assez enthousiaste, ni assez généreuse pour recommencer le mariage, — la vie à deux, si vous voulez. Laissez-moi attendre, parée, oisive, seule dans ma chambre close, la venue de celui qui m'a choisie pour harem. Je voudrais ne savoir de lui que sa tendresse et son ardeur, — je ne voudrais de l'amour, enfin, que l'amour...

— Je connais beaucoup de gens, dit Hamond après un silence, qui nommeraient cet amour-là du libertinage.

Je hausse les épaules, agacée de me faire si mal comprendre :

— Oui, insiste Hamond, du libertinage ! Mais, pour moi qui vous connais... un peu, je conjecturerais plutôt chez vous un chimérique, un puéril engouement de l'irréalisable : le couple amoureux, prisonnier d'une chambre tiède, isolé par quatre murs du reste de la terre... c'est le rêve familier d'une jeune fille très ignorante de la vie...

— Ou d'une femme déjà mûre, Hamond !

Il proteste, d'un geste évasif et poli, et esquive une réponse directe :

— Dans tous les cas, ma chère enfant, ce n'est pas l'amour.

— Pourquoi ?

Mon vieil ami jette sa cigarette, d'un mouvement presque emporté :

— Parce que ! Vous m'avez dit, tout à l'heure : « Le mariage, c'est pour la femme une domesticité consentie, douloureuse, humiliée ; le mariage, c'est *noue-moi ma cravate, prépare-moi un lavement, veille à ma côtelette, subis ma mauvaise humeur et mes trahisons.* » Il fallait dire *amour* et non *mariage*. Car c'est l'amour seul qui rend facile, joyeux, glorieux, le servage dont vous parlez ! Vous le haïssez à présent, vous le reniez, vous le vomissez, parce que vous n'aimez plus Taillandy ! Souvenez-vous du temps où, de par l'amour, la cravate, le bain de pieds, la camomille devenaient des symboles sacrés, révérés et terribles. Souvenez-vous de votre rôle misérable ! Je tremblais d'indignation à vous voir employée à des complicités presque d'entremetteuse entre Taillandy et ses amies, mais, le jour où j'ai perdu toute discrétion et toute patience : « Aimer, c'est obéir ! » m'avez-vous répondu !... Soyez franche, Renée, soyez lucide et dites-moi si toutes vos immolations n'ont pas plus de prix, à vos yeux, depuis que vous avez recouvré votre libre arbitre ? Vous les cotez à leur valeur, *à présent que vous n'aimez plus !* Avant... je vous ai vue à l'œuvre, je vous connais, Renée !... avant, dans le pire temps de vos acceptations navrantes, de vos complicités même, n'avez-vous pas joui, inconsciemment, de la miséricordieuse anesthésie que dispense l'amour ?

À quoi bon répondre ?... Je suis cependant prête à discuter, de la plus mauvaise foi du monde : je ne pourrais, aujourd'hui, m'attendrir, sauf sur ce pauvre homme qui détaille mes infortunes conjugales, en songeant aux siennes... Comme il a dû bien aimer, et bien souffrir, ce faux anesthésié !

— C'est la première fois, Hamond, que j'entends comparer l'amour à la cocaïne !

Froissé par ma maladroite ironie, il riposte assez sèchement :

— Vraiment, ma chère amie ? Un homme aussi vieux, et aussi « vieux jeu » que moi ne s'attendait pas à vous fournir une comparaison inédite, croyez-le !

Mon Dieu, qu'il est jeune, et « blessable », et tout imprégné, lui, du poison dont il s'est voulu sevrer !... Nous voilà loin de mon aventure et de Maxime Dufferein-Chautel...

Je voulais me confier à Hamond, lui demander ses conseils... Par quelle route revenons-nous invinciblement au passé, tout écorchés d'épines mortes ? Il me semble que, si Maxime entrait, nous n'aurions pas le temps, Hamond et moi, de quitter assez vite nos visages que nul ne doit voir : Hamond est tout jaune de bile, avec un petit tic dans la pommette gauche, — et moi je rapproche mes sourcils, comme si la migraine les opprimait, et je tends durement le cou en avant, mon cou robuste, mais qui perd le moelleux, l'enveloppé de la chair jeune...

— Hamond, dis-je très doucement, vous n'oubliez pas que je dois partir en tournée, — pour changer ?

— Partir... Oui, oui, fait-il comme un homme qu'on éveille. Eh bien ?

— Eh bien ! et Maxime ?

— Vous l'emmenez, naturellement ?

— « Naturellement » ! ce n'est pas si simple que vous avez l'air de le croire ! Cette vie de tournée, c'est terrible... à deux ! Les réveils, les départs au petit matin ou en pleine nuit, les soirées interminables pour celui qui attend, et puis l'hôtel !... Quels débuts pour une lune de miel !... Une femme de vingt ans ne se risquerait pas aux surprises de l'aube, du sommeil en wagon, ce sommeil des fins de journées éreintantes, pendant lequel on a l'air d'une morte un peu bouffie... Non,

non, le danger est trop grand pour moi ! Et puis, nous valons mieux que ça, lui et moi ! J'avais songé… vaguement… à ajourner notre…

— … cœur-à-cœur…

— Merci… jusqu'à la fin de la tournée, et commencer alors une vie, oh ! une vie !… Ne plus penser, Hamond, se terrer quelque part, avec lui, dans un pays qui me tendrait, à portée de ma bouche et de mes mains, tout ce qui s'offre et se dérobe à moi derrière la vitre du wagon : des feuilles humides, des fleurs que le vent balance, des fruits embués et des ruisseaux surtout, de l'eau libre, capricieuse, de l'eau vivante… Tenez, Hamond, quand on vit depuis une trentaine de jours en wagon, vous ne pouvez pas savoir comme la vue de l'eau courante, entre les berges d'herbe neuve, crispe la peau tout entière d'une espèce de soif indéfinissable… Pendant ma dernière tournée, je me souviens, nous roulions toute la matinée, et souvent l'après-midi aussi. À midi, dans les prés, les filles de ferme trayaient les vaches : je voyais, dans l'herbe profonde, les seaux de cuivre fourbi, où le lait mousseux gicle en jets fins et raides. Quelle soif, quel douloureux désir j'avais de ce lait tiède, couronné d'écume ! C'était un vrai petit supplice quotidien, je vous assure… Alors, voilà… je voudrais… je voudrais jouir à la fois de tout ce qui me manque : l'air pur, un pays généreux où tout abonde, et mon ami…

Malgré moi, je tends mes bras, mes mains unies, pour mieux appeler ce que je désire. Hamond écoute encore, comme si je n'avais pas fini de parler :

— Et puis, mon enfant ? après ?

— Comment « après ? » dis-je avec véhémence… Après ? mais c'est tout ! Je ne demande plus rien.

— C'est heureux ! murmure-t-il pour lui-même… J'entends : comment vivrez-vous, après, avec Maxime ? Vous renoncerez aux tournées ? Vous ne… travaillerez plus au music-hall ?

Sa question, si naturelle, suffit à m'arrêter court, et je regarde mon vieil ami, défiante, inquiète, presque intimidée :

— Pourquoi pas ? dis-je faiblement.

Il hausse les épaules :

— Voyons, Renée, raisonnez un peu ! Vous pourrez, grâce à Maxime, vivre confortablement, luxueusement même, et… reprendre, nous l'espérons tous, cette plume spirituelle qui se rouille… Et puis, peut-être qu'un enfant… Quel joli petit gars ça ferait !

Imprudent Hamond ! A-t-il cédé à son instinct d'ex-peintre de genre ? Ce petit tableau de ma vie future, entre un amant fidèle et un bel enfant, produit sur moi le plus inexplicable, le plus désastreux effet... Et il continue, le malheureux ! Il insiste ! sans s'apercevoir qu'une gaieté détestable danse dans mes yeux qui fuient les siens et qu'il n'obtient plus de moi que des « oui » ennuyés, des « sans doute... je ne sais pas... » de pensionnaire qui trouve la leçon trop longue...

Un bel enfant... un mari fidèle... Il n'y avait pourtant pas de quoi rire !

J'en suis encore à chercher le motif de ma méchante hilarité... Un bel enfant... j'avoue que je n'y ai jamais pensé. Je n'avais pas le temps, quand j'étais mariée, occupée d'amour d'abord, de jalousie ensuite, accaparée, en un mot, par Taillandy, qui ne se souciait pas, d'ailleurs, d'une progéniture encombrante et coûteuse...

Voici que j'ai passé trente-trois ans sans avoir envisagé la possibilité d'être mère ! Suis-je un monstre ?... Un bel enfant... Des yeux gris, un museau fin, l'air d'un petit renard, comme sa mère, de grandes mains, de larges épaules, comme Maxime... Eh bien ! non. Je fais tout ce que je peux, — je ne le *vois* pas, je ne l'aime pas, le petit que j'aurais eu, que j'aurai peut-être...

— Qu'en pensez-vous, dites, Grand-Serin chéri ?

Il est arrivé là, tout doucement, si présent déjà à mon cœur que je continue, avec lui, mon examen de conscience...

— Qu'en pensez-vous, de l'enfant que nous aurions ? C'est Hamond qui en veut un, figurez-vous !

Mon ami ouvre une bouche de Pierrot, toute ronde et stupéfaite, des yeux énormes, et s'écrie :

— Chouette ! vive Hamond ! Il l'aura, son gosse !... tout de suite, Renée, si vous voulez !

Je me défends, car il me bouscule de la pire et la meilleure manière, mordant un peu, embrassant beaucoup, avec cet air affamé qui me fait juste assez peur...

— Un enfant ! crie-t-il, un petit à nous ! Je n'y avais pas pensé, Renée ! Comme Hamond est intelligent ! C'est génial, cette idée-là !

— Vous trouvez, mon chéri ! Brute égoïste que vous êtes ! Vous vous en fichez pas mal que je sois déformée, et laide, et que je souffre, hein ?

Il rit encore, et me terrasse sur le divan, au bout de ses bras tendus :

— Déformée ? laide ? C'est vous qui êtes une oie, Madame ! Tu seras magnifique, le petit aussi, et on s'amusera follement !

Il cesse brusquement de rire et fronce ses féroces sourcils au-dessus de ses doux yeux :

— Et puis, au moins, tu ne pourrais plus me quitter, ni courir toute seule les grands chemins, hein ? tu serais prise !

Prise... Je m'abandonne, et je joue mollement avec les doigts qui me tiennent. Mais l'abandon, c'est aussi la ruse du faible... Prise... il l'a bien dit, avec un égoïsme emporté... Je l'avais jugé tel qu'il est, quand je le traitais, en riant, de bourgeois monogame, de père de famille coin-du-feu...

Je pourrais donc finir paisiblement ma vie, blottie dans sa grande ombre ? Ses yeux fidèles m'aimeraient-ils encore, quand mes grâces se seraient fanées une à une ?... Ah ! quelle différence, quelle différence avec... *l'autre* !

Sauf que *l'autre* aussi parlait en maître et savait dire tout bas, en me serrant d'une poigne rude : « Marche droit ! je te tiens !... » Je souffre... j'ai mal de leurs différences, j'ai mal de leurs ressemblances... Et je caresse le front de celui-ci, ignorant, innocent, en lui disant : « Mon petit... »

— Ne m'appelez pas « votre petit », chérie ! ça me rend ridicule !

— Je vous rendrai ridicule si je veux. Vous êtes mon petit, parce que vous êtes plus jeune que... que votre âge, parce que vous avez très peu souffert, très peu aimé, parce que vous n'êtes pas méchant... Écoutez-moi, mon petit : je vais partir — sans vous.

— Pas sans moi, Renée !

Comme il a crié ! j'en frissonne de chagrin et de plaisir...

— Sans vous, mon chéri, sans vous ! Il le faut. Écoutez-moi... Non... Max... je parlerai quand même, — après... Écoutez, Max ! Vous ne voulez donc pas, vous ne pouvez donc pas m'attendre ? Vous ne m'aimez donc pas assez ?

Il s'arrache de mes mains et s'écarte de moi violemment :

— Pas assez ! pas assez ! Oh ! ces raisonnements de femme ! Je ne t'aime pas assez, si je te suis, et pas assez si je reste ! Avoue-le : si je t'avais répondu : « Bien chérie, je t'attendrai », qu'aurais-tu pensé de moi ? Et toi qui pars, quand tu pourrais ne pas partir, comment veux-tu que je croie que tu m'aimes ? Au fait...

Il se plante devant moi, le front en avant, et soupçonneux :

— Au fait ! tu ne me l'as jamais dit ?

— Quoi donc ?

— Que tu m'aimes !

Je me sens rougir, comme s'il me prenait en faute...

— Tu ne me l'as jamais dit ! répète-t-il, têtu.

— Oh ! Max !

— Tu m'as dit... tu m'as dit : « Chéri... Mon Grand-Serin aimé...

Max... Mon ami chéri... » Tu t'es plainte tout haut, comme si tu chantais, le jour où...

— Max !...

— Oui, ce jour où tu n'as pas pu t'empêcher de m'appeler « Mon amour... » Mais tu ne m'as pas dit : « Je t'aime ! »

C'est la vérité. J'espérais, follement, qu'il ne s'en apercevrait pas. Un jour, un autre beau jour, je soupirais si fort dans ses bras que le mot « ...t'aime... » s'est exhalé de moi, comme un soupir un peu plus haut, et, tout de suite, je suis devenue muette et froide...

« ... T'aime... » Je ne veux plus le dire, je ne veux plus le dire jamais ! Je ne veux plus entendre cette voix, ma voix d'autrefois, brisée, basse, murmurer irrésistiblement le mot d'autrefois... Seulement, je n'en sais pas d'autre... Il n'y en a pas d'autre...

— Dis-le moi, dis-le moi, que tu m'aimes ? dis-le moi, je t'en prie !

Mon ami s'est agenouillé devant moi, et sa prière impérieuse ne me laissera pas de repos. Je lui souris de tout près, comme si je lui résistais, par jeu, et j'ai soudain envie de lui faire du mal, pour qu'il souffre un peu aussi... Mais il est si doux, si loin de ma peine ! Pourquoi l'en charger ? Il ne le mérite pas...

— Pauvre chéri... ne soyez pas méchant, ne soyez pas triste ! Oui, je vous aime, — je t'aime, oh ! je t'aime... Mais je ne veux pas te le dire. Je suis si orgueilleuse, au fond, si tu savais !

Appuyé à ma poitrine, il ferme les yeux, il accepte mon mensonge avec une sécurité tendre, et continue de m'écouter lui dire « Je t'aime », quand je ne parle plus...

L'étrange fardeau sur mes bras, mes bras si longtemps vides ! Je ne sais pas bercer un enfant si grand, et comme sa tête est lourde... Mais qu'il repose là, sûr de moi !

Sûr de moi... car une aberration classique le rend jaloux de mon présent, de mon vagabond avenir, mais il repose confiant contre ce cœur qu'un autre habita si longtemps ! Il ne songe pas, l'honnête, l'imprudent amant, qu'il me partage avec un souvenir et qu'il ne goûtera pas cette gloire, la meilleure, de pouvoir me dire : « Je t'apporte une joie, une douleur que tu ne connais pas... »

Il est là, sur ma poitrine... Pourquoi lui, et non un autre ? Je ne sais pas. Je m'incline sur son front, je voudrais le protéger contre moi-même, m'excuser de ne lui donner qu'un cœur désaffecté, sinon purifié. Je voudrais le garder contre le mal que je peux lui faire... Allons !

Margot l'avait prédit : je retourne à la chaudière... une chaudière de tout repos, celle-ci, et qui n'a rien d'infernal : elle ressemblerait plutôt à un familial coquemar...

— Éveillez-vous, chéri !

— Je ne dors pas, murmure-t-il sans relever ses beaux cils... Je te respire...

— Vous m'attendrez à Paris, pendant que je serai en tournée ? ou bien vous irez dans les Ardennes, chez votre mère ?

Il se lève sans répondre, et lisse ses cheveux du plat de la main.

— Dites ?

Il prend son chapeau sur la table, et s'en va, les yeux bas, toujours muet... D'un bond, je suis sur lui, je m'accroche à ses épaules :

— Ne t'en va pas ! ne t'en va pas ! je ferai ce que tu veux ! reviens ! ne me laisse pas seule ! Oh ! ne me laisse pas seule !

Que s'est-il donc passé en moi ? Je ne suis plus qu'une pauvre loque trempée de larmes... J'ai vu s'éloigner de moi, avec lui, la chaleur, la lumière, et ce second amour tout mêlé des cendres brûlantes du premier, mais si cher, si inespéré !... Je me suspends à mon ami, d'une main de naufragée, et je bégaie obstinément sans l'entendre :

— Tout le monde me laisse !... je suis toute seule !...

Il sait bien, lui qui m'aime, qu'il n'est pas besoin de paroles, ni de raisonnements, pour me calmer. Des bras berceurs, un chaud murmure de vagues mots caressants, des baisers, des baisers...

— Ne me regardez pas, mon chéri ! je suis laide, le noir de mes yeux est parti, j'ai le nez rouge... j'ai honte d'avoir été si bête !

— Ma Renée ! ma toute petite ! quelle brute j'ai été !... Oui, oui, je ne suis qu'une grande brute ! Tu veux que je t'attende à Paris ? je t'attendrai. Tu veux que j'aille chez maman ? j'irai chez maman !

Indécise, embarrassée de ma victoire, je ne sais plus ce que je veux :

— Écoutez, Max chéri, voilà ce qu'il faut faire : je partirai, seule, avec l'entrain d'un chien qu'on fouette... On s'écrira tous les jours... On sera héroïques, n'est-ce pas ? afin d'atteindre la date, le beau 15 mai qui nous réunira !

Le héros, morne, acquiesce d'un signe de tête résigné.

— Le 15 mai, Max !... Il me semble, dis-je plus bas, que, ce jour-là, je me jetterai à vous comme je me jetterais à la mer, aussi irrémédiablement, aussi consciemment...

Sous l'étreinte et le regard qui me répondent, je perds un peu la tête :

— Et puis, écoute... si on ne peut pas attendre, eh bien ! tant pis... tu viendras me retrouver... je t'appellerai... Tu es content ? Après tout, c'est idiot, l'héroïsme... et la vie est courte... C'est dit ! Le plus malheureux rejoindra l'autre, ou lui écrira de venir... Mais on va toujours essayer, parce que... une lune de miel en wagon... Tu es content ? Qu'est-ce que tu cherches ?

— J'ai soif, figure-toi ; je meurs de soif ! Veux-tu sonner Blandine ?

— Pas besoin d'elle ! Reste là : je vais chercher ce qu'il faut.

Heureux, passif, il se laisse servir, et je le regarde boire, comme s'il m'accordait une grande faveur. S'il veut, je lui nouerai sa cravate, et je veillerai au menu du dîner... Et je lui apporterai ses pantoufles... Et il pourra me demander d'un ton de maître : « Où vas-tu ? » Femelle j'étais, et femelle je me retrouve, pour en souffrir et pour en jouir...

Le crépuscule cache mon visage hâtivement réparé, et je tolère qu'assise sur ses genoux, il boive sur mes lèvres mon haleine encore saccadée des sanglots de tout à l'heure. Je baise, au passage, une de ses mains qui descend de mon front à ma gorge... Je retombe, entre ses bras, à l'état de victime choyée, qui se plaint à mi-voix de ce qu'elle ne veut ni ne peut empêcher...

Mais, soudain, je me lève d'un bond, je lutte quelques secondes contre lui, sans rien dire, — je réussis à m'échapper, en criant :

— Non !

J'ai bien failli me laisser surprendre, là, sur ce coin de divan ! Sa tentative a été si rapide, et si habile !... Hors d'atteinte, je le regarde sans colère et ne lui adresse que ce reproche :

— Pourquoi avez-vous fait cela ? Max, comme c'est méchant !

Il se traîne vers moi, obéissant, repentant, bouscule au passage une petite table et des sièges, avec des « Pardon !... ferai plus !... Chérie, c'est si dur d'attendre !... » dont il exagère un peu la supplication enfantine...

Je ne distingue plus bien ses traits, car la nuit tombe. Mais j'ai deviné, tout à l'heure, sous la brusquerie de l'essai, autant de calcul que d'emballement... « Tu serais prise ! tu n'irais plus courir toute seule sur les routes... »

— Pauvre Max ! lui dis-je doucement.

— Vous vous moquez de moi, dites ? J'ai été ridicule ?

Il s'humilie gentiment, avec adresse. Il veut ramener ma pensée sur le geste lui-même, et m'empêcher ainsi de songer à ses motifs véritables... Et je mens un tout petit peu, pour le rassurer :

— Je ne me moque pas de vous, Max. Il n'y a guère d'hommes, vous savez, qui se risqueraient à se jeter comme vous, grand diable, sur une femme, sans y laisser tout leur prestige ! C'est votre dégaîne de paysan qui vous sauve, et vos yeux de loup amoureux ! Vous aviez l'air d'un tâcheron qui rentre du travail à la nuit tombante, et qui renverse une fille au bord de la route...

Je le quitte pour refaire à mes yeux le cerne bleuâtre qui les veloute et les moire, pour mettre un manteau, pour épingler sur ma tête un de ces profonds chapeaux dont la forme, les nuances bien choisies rappellent à Max les « Fleurs animées » de Champfleury, ces petites fées-fleurs coiffées d'un pavot retourné, d'une cloche de muguet, d'un grand iris aux pétales retombants...

Nous allons partir, tous deux, et rouler doucement en automobile dans l'obscurité du Bois. Ces promenades du soir me sont chères, pendant lesquelles je tiens, dans l'ombre, la main de mon ami, pour savoir qu'il est là, pour qu'il sache que je suis là. Je puis alors fermer les yeux, et rêver que je pars, avec lui, pour un pays inconnu où je n'aurais pas de passé, pas de nom, où je renaîtrais avec un visage nouveau et un cœur ignorant...

Une semaine encore, et je pars...

Partirai-je vraiment ? Il y a des heures, il y a des jours où j'en doute. Des jours, surtout, de printemps précoce, où mon ami m'emmène hors de Paris, dans ces parcs battus, sillonnés d'automobiles et de bicyclettes, mais que l'aigre et fraîche saison fait mystérieux quand même. Un brouillard mauve, à la fin de l'après-midi, approfondit les avenues, et la trouvaille inespérée d'une jacinthe sauvage, qui balance au vent trois cloches effilées en porcelaine d'un bleu naïf, y prend le prix d'un larcin...

La semaine passée, nous avons marché longtemps, sous un soleil matinal, dans le Bois où galopent les palefreniers. Nous étions, l'un contre l'autre, actifs, contents, peu bavards, et je chantonnais une petite chanson qui fait marcher vite... Au détour d'une allée cavalière déserte, nous nous arrêtâmes, nez à museau, devant une biche toute jeune, dorée, qui perdit contenance à notre vue et s'arrêta au lieu de s'enfuir.

Elle haletait d'émotion et ses genoux fins tremblaient, mais ses longs yeux, allongés encore d'un trait brun — comme les miens, — exprimaient plus d'embarras que de peur. J'aurais voulu toucher ses oreilles, orientées vers nous, pelucheuses comme les feuilles des bouillons-blancs, et ce doux museau de velours cotonneux. Quand j'étendis la main, elle tourna le front d'un mouvement sauvage et disparut.

— Vous ne l'auriez pas tuée, à la chasse, Max ? demandai-je.

— Tuer une biche ? pourquoi pas une femme ? répondit-il simplement.

Ce jour-là, nous avons déjeuné à Ville-d'Avray, comme tout le monde, dans ce restaurant qui suspend au bord de l'eau de singulières terrasses, des terrasses à manger et à coucher, et nous fûmes sages comme des amants déjà rassasiés. J'aimais à constater, chez Max, la même sérénité passionnée dont m'imprègnent l'air libre, le vent pur, les arbres... Accoudée, je regardais l'eau plate de l'étang, trouble, oxydée par places, et les noisetiers aux chenilles pendantes. Puis mes yeux revenaient au bon compagnon de ma vie, avec le solide espoir d'édifier, pour lui, un bonheur aussi long que cette vie même...

Partirai-je vraiment ? Il y a des heures où je m'occupe, comme en rêve, de mon départ. Le sac de toilette, la couverture roulée, le manteau imperméable, exhumés des armoires, ont reparu au jour, avachis, couturés, et comme excédés de voyages... J'ai vidé avec dégoût des boîtes de blanc-gras rance, de vaseline jaunie qui pue le pétrole...

Ces outils de mon métier, je les manie sans amour, à présent. Et Brague, venu aux nouvelles, a été reçu si distraitement, si cavalièrement, qu'il est parti très pincé et, ce qui est plus grave, sur un « au revoir, chère amie » du meilleur ton. Bah ! j'ai bien le temps de le voir, et de le dérider, en quarante jours !... Je l'attends tout à l'heure, pour les dernières instructions. Max viendra un peu plus tard...

— Bonjour, chère amie.

Je m'y attendais ! Mon camarade est encore froissé.

— Non, écoute, Brague, en voilà assez ! Ça ne te va pas du tout, le genre noble-faubourg ! On est là pour causer sérieusement. Tu me fais penser à Dranem en Roi-Soleil, quand tu m'appelles « chère amie » !

Brague, vite égayé, se cabre :

— Le genre faubourg ! pourquoi donc pas ? Je dégote Castellane, quand je veux ! Tu ne m'as jamais vu en habit ?

— Non !

— Moi non plus... Dis donc, il est sombre, ton petit... boudoir ! Si on allait dans ta chambre ? on causerait plus clair.

— Allons dans ma chambre...

Brague avise tout de suite, sur la cheminée, une photographie de Max : Max en veston neuf, raide, le noir des cheveux trop noir, le blanc des yeux trop blanc, officiel et un peu risible, mais très beau tout de même.

Brague examine le portrait, en roulant sa cigarette :

— C'est ton ami, décidément, le type, hein ?

— C'est... mon ami, oui.

Et je souris gentiment, avec un air idiot.

— Il est chic, y a pas ! On jurerait quelqu'un du gouvernement ! Qu'est-ce qui te fait rire ?

— Rien... c'est cette idée qu'il pourrait être du gouvernement ! Ça ne lui ressemble guère.

Brague flambe sa cigarette, et m'observe, l'œil en coin :

— Tu l'emmènes ?

Je hausse les épaules :

— Non, voyons ! C'est pas possible ! Comment veux-tu ?

— Mais je ne *veux* pas, justement ! s'écrie Brague rasséréné... Ça, c'est bien, ma gosse, tu sais ! C'est que j'en ai vu, moi, des tournées foutues, parce que Madame ne veut pas quitter Monsieur, ou que Monsieur veut surveiller Madame ! C'est des disputes, c'est des bécottages, c'est des brouilles, c'est des réconciliations où on ne peut plus se tirer du pieu, c'est les jambes ramollies en scène et les yeux au beurre noir : C'est la vie gâtée, quoi !... Parlez-moi d'un joli voyage où on est entre copains ! Tu me connais, j'ai jamais varié là-dessus : l'amour et le métier ça ne va pas ensemble. Et puis, enfin, quarante jours, c'est pas l'éternité : on s'écrit et après on se retrouve, on se recolle... Il a son bureau, ton ami ?

— Son bureau ? Non, il n'a pas de bureau.
— Il a... sa fabrique d'autos ? enfin, il bricole ?
— Non.
— Il ne fait rien ?
— Rien.

Brague fait entendre un sifflement qui peut s'interpréter d'au moins deux manières...

— Rien de rien ?
— Rien.
— C'est épatant !
— Qu'est-ce qui t'épate ?
— Qu'on puisse vivre comme ça. Pas de bureau. Pas de fabrique. Pas de répétitions. Pas d'écurie de courses ! Ça ne te paraît pas drôle, à toi ?

Je le regarde en dessous, d'un air gêné et un peu complice :
— Si.

Je ne puis répondre autre chose. L'oisiveté de mon ami, cette flânerie de lycéen en vacances perpétuelles est un sujet fréquent d'effarement pour moi, presque de scandale...

— Moi, je crèverais, déclare Brague après un silence. Question d'habitude !
— Sans doute...
— Maintenant, dit Brague en s'asseyant, parlons peu et parlons bien. Tu as tout ce qu'il te faut ?
— Naturellement, voyons ! Mon costume de Dryade, le neuf, un rêve ! vert comme une petite sauterelle, et il ne pèse pas cinq cents grammes ! L'autre est retapé, rebrodé, nettoyé, tu le jurerais neuf : il peut faire soixante représentations sans faiblir.

Brague fronce la bouche :

— Heu... tu es sûre ? T'aurais pu te fendre d'une pelure neuve, pour l'*Emprise* !

— C'est ça ! et tu me l'aurais payée, hein ! Et ta culotte de l'*Emprise*, en peau de daim brodé, qui a pris la couleur de toutes les planches qui l'ont cirée, est-ce que je te la reproche, moi ?

Mon camarade lève une main dogmatique :

— Pardon, pardon ! ne confondons pas ! Ma culotte est magnifique ! elle a pris de la patine, du fondu : elle a l'air d'un grès artistique ! ça serait un crime que de la remplacer !

— Tu n'es qu'un grigou ! lui dis-je en haussant les épaules.

— Et toi une râleuse !...

Ah ! ça fait du bien de s'attraper un peu ! Ça repose. Nous sommes l'un et l'autre juste assez piqués pour que la dispute ressemble à une chaude répétition...

— ... Rompez ! crie Brague. La question costumes est vidée. Passons à la question bagages.

— Comme si j'avais besoin de toi pour ça ! C'est la première fois que nous partons ensemble, peut-être ? Tu vas m'apprendre à plier mes chemises ?

Brague laisse tomber sur moi, entre ses paupières plissées par les grimaces professionnelles, un regard écrasant :

— Pauvre créature ! Manchote et bancale cervelle ! Cause, cause, fais du bruit, réveille ton hanneton ! Si je vais t'apprendre ? Probable que je vais t'apprendre ! Écoute, et tâche de saisir : les excédents de bagages sont à nos frais, pas ?

— Chut !

Je l'arrête d'un signe, émue d'avoir entendu dans l'antichambre deux discrets coups de timbre... C'est *lui* ! Et Brague qui est encore là !... Après tout, ils se connaissent...

— Entrez, Max, entrez... C'est Brague... Nous parlons tournée : ça ne vous ennuie pas ?

Non, ça ne l'ennuie pas ; mais, moi, ça me gêne un peu. Mes affaires de music-hall sont de pauvres choses, précises, commerciales, auxquelles je ne voudrais pas mêler mon ami, mon paresseux ami chéri...

Brague, très gentil quand il veut, sourit à Max.

— Vous permettez, Monsieur ? C'est la cuisine du métier que nous mijotons là, et je me vante d'être un cuisinier économe, qui ne laisse rien perdre et ne fait pas danser l'anse.

— Mais je vous en prie ! se récrie Max. Au contraire, ça m'amusera, moi qui n'y connais rien ; je m'instruirai...

Le menteur ! Pour un homme que ça amuse, il a l'air bien méchant, et bien triste.

— Je reprends ! commence Brague. La dernière tournée, celle de septembre, on a mangé, si tu te souviens, jusqu'à des dix et onze francs d'excédent de bagages par jour, comme si on était Carnegie.

— Pas tout le temps, Brague !

— Pas tout le temps. Il y a eu des jours à trois francs, à quatre francs d'excédent. C'est déjà trop. Pour ma part, j'en ai assez. Qu'est-ce que tu as comme bagages, en dehors de la valise à main ?

— Ma malle noire.

— La grande ? C'est du délire. Je n'en veux pas.

Max tousse...

— Voilà ce que tu vas faire : tu te serviras de la mienne. Dans le dessus : costumes de scène. Deuxième compartiment : notre linge, — tes chemises, tes culottes, tes bas, mes chemises, mes caleçons, eccetera.

Max s'agite...

— ... et, au fond, chaussures, complet de rechange pour toi-z-et moi, bibelots, eccetera. Tu comprends ?

— Oui, c'est pas bête.

— Pourtant... dit Max.

— De cette façon, poursuit Brague, nous avons un seul gros colis (le Troglodyte, il s'arrangera ! sa mère, qui est plumeuse, lui prêtera un panier !) *un*, en tout et pour tout. Suppression de l'excédent, réduction des pourboires aux facteurs des gares, aux garçons de théâtre, eccetera... Si nous n'y gagnons pas cent sous par jour chacun je veux bien me faire ténor !... Tu changes de linge tous les combien, en tournée ?

Je rougis, à cause de Max.

— Tous les deux jours.

— Ça te regarde. Comme on se blanchit dans les grands patelins, Lyon, Marseille, Toulouse, Bordeaux, — je compte douze chemises et douze petits grimpants, le reste à proportion, — je suis grand et généreux ? Enfin, je me fie à toi pour être raisonnable.

— Sois tranquille !

Brague se lève, serre la main de Max :

— Vous voyez que c'est vite bâclé, Monsieur. Toi, rendez-vous à la gare, à sept heures un quart, mardi matin.

Je l'accompagne jusqu'à l'antichambre et, quand je reviens, une tempête de protestations, de lamentations et de reproches m'accueille :

— Renée ! c'est monstrueux ! ce n'est pas possible ! vous avez perdu la tête ! Vos chemises, vos chemises à vous, et vos petits pantalons trop courts, mon amour chéri, pêle-mêle avec les caleçons de cet individu ! Et vos bas avec ses chaussettes, peut-être ! Et tout ça pour économiser cent sous par jour ! Quelle dérision et quelle misère !

— Comment, quelle misère ? Ça fait deux cents francs !

— Eh ! je sais bien ! une telle mesquinerie...

Je retiens une réplique qui le blesserait : où aurait-il appris, l'enfant gâté, que l'argent, — l'argent qu'on gagne ! — est une chose respectable, sérieuse, qu'on manie avec sollicitude et dont on parle gravement ?

Il s'essuie le front, avec un beau mouchoir de soie, violet. Depuis quelque temps, mon ami témoigne d'un extrême souci d'élégance : il a des chemises magnifiques, des mouchoirs assortis à ses cravates, des chaussures à guêtres de daim... Je n'ai pas manqué de m'en apercevoir, car le moindre détail de toilette prend, sur ce cher Grand-Serin à l'encolure un peu lourde, une importance presque choquante...

— Pourquoi consens-tu à cela ? demande-t-il avec reproche. C'est odieux, cette promiscuité !

Promiscuité ! J'attendais le mot. Il s'emploie beaucoup... La « promiscuité des coulisses »...

— Dites-moi, chéri, — j'effile, entre deux doigts, les pointes de ses soyeuses moustaches d'un noir roussi, — s'il s'agissait de *vos* chemises et de *vos* caleçons, ça ne serait pas de la *promiscuité* ? Songez donc : je ne suis qu'une petite caf' conc' très raisonnable, qui vit de son métier...

Il m'étreint tout à coup et m'écrase un peu, exprès :

— Le diable l'emporte, ton métier !... Ah ! quand je t'aurai tout à fait à moi, va ! je t'en collerai, des wagons de luxe, et des fleurs plein le filet, et des robes, et des robes ! et tout ce que je trouverai de beau, et tout ce que j'inventerai !

Sa belle voix sombre ennoblit la banale promesse... J'y entends vibrer, sous les mots quelconques, le désir de mettre à mes pieds tout l'univers...

Des robes ? c'est vrai, il doit trouver sévère, et bien monotone, ma chrysalide neutre de costumes tailleur, gris, bruns, bleu sombre, que j'échange, la rampe allumée, contre les gazes peintes, les paillons lumineux, les jupes irisées, tournoyantes... Des wagons de luxe ? pourquoi faire ? ils ne vont pas plus loin que les autres...

Fossette a glissé, entre nous, son crâne de bonze, qui reluit comme du palissandre... Ma petite compagne flaire le départ. Elle a reconnu la valise aux coins écorchés et le manteau imperméable, — elle a vu la boîte anglaise émaillée de noir, la cassette à maquillage... Elle sait que je ne l'emmènerai pas, elle se plie d'avance à une vie, d'ailleurs choyée, de balades avec Blandine sur les fortifs, de soirées chez la concierge, de dîners en ville et de goûters dans le Bois... « Je sais que tu reviendras, disent ses yeux bridés, mais quand ? »

— Max, elle vous aime bien : vous vous occuperez d'elle ?

Allons bon ! rien que de nous pencher ensemble sur cette petite bête inquiète, voilà que nos pleurs débordent ! Je refoule les miens, d'un effort qui me fait mal dans la gorge et dans le nez... Que les yeux de mon ami sont beaux, agrandis par les deux larmes lumineuses qui mouillent ses cils ! Ah ! pourquoi le quitter ?

— J'irai chercher tout à l'heure, murmure-t-il étranglé, un... beau petit sac à main... que j'ai commandé pour toi... très solide... pour le voyage...

— C'est vrai, Max ?

— En... en peau de truie...

— Max, voyons ! ayez un peu plus de courage que moi !

Il se mouche d'une manière révoltée :

— Pourquoi ça ? je ne tiens pas à avoir du courage, moi ! au contraire !

— Nous sommes ridicules ! Aucun de nous deux n'aurait osé s'attendrir sur soi : Fossette a servi d'excitant à notre émotion. C'est le coup de la « petite table » de *Manon*, et du manchon de *Poliche*, vous vous souvenez ?

Maxime s'essuie les yeux, longuement, soigneusement, avec la simplicité qu'il apporte à toutes choses et qui le sauve du ridicule.

— C'est bien possible, ma Renée... D'ailleurs, si vous voulez que je me change en fontaine, vous n'avez qu'à me parler de tout ce qui vous entoure ici, dans ce petit appartement, tout ce que je ne verrai plus avant votre retour. Ce vieux divan, la bergère où tu t'assieds pour lire, et tes portraits, et le rayon de soleil qui chemine sur le tapis, de midi à deux heures...

Il sourit, très ému :

— Ne me parle pas de la pelle, du foyer, ni des pincettes, ou je m'effondre !...

Il est parti chercher le beau petit sac en peau de truie.
— Quand nous serons ensemble, m'a-t-il dit câlinement avant de sortir, tu me donneras les meubles de ce petit salon, veux-tu ? Je t'en ferai faire d'autres.

J'ai souri, pour ne pas refuser. Ces meubles-là, chez Max ? Ces épaves du mobilier conjugal, abandonnées par Taillandy en dérisoire compensation des droits d'auteur qu'il me subtilisa jadis, je ne les ai point remplacées, faute d'argent. Quel couplet de la « petite table » je pourrais chanter sur ce chêne fumé à prétentions hollandaises, sur ce vieux divan raviné par des jeux... où je n'étais pas conviée ! Mobilier hanté, où je m'éveillai souvent avec la peur folle que ma liberté ne fût un songe... Singulier cadeau de noces à un nouvel amant ! Un abri, et non un *home*, — c'est tout ce que je laisse derrière moi : les boîtes roulantes de seconde et première classes, et les hôtels de tout ordre, et les sordides loges des music-halls de Paris, de la province et de l'étranger, me furent plus familiers, plus tutélaires que ceci, nommé par mon ami « un joli coin intime » !

Combien de fois ai-je fui ce rez-de-chaussée, en me fuyant moi-même ! Aujourd'hui que je pars, aimée, amoureuse, je me voudrais encore plus aimée, encore plus aimante, et changée, et méconnaissable à mes propres yeux. C'est trop tôt, sans doute, et le temps n'est pas venu encore... Mais, du moins, je pars agitée, débordante de regret et d'espoir, pressée de revenir, tendue vers mon sort nouveau avec l'élan brillant du serpent qui se délivre de sa peau morte...

TROISIÈME PARTIE

*A*dieu, mon ami aimé. La malle est fermée. Mon joli sac « en peau de truie », mon costume de voyage, le long voile sombre qui drapera mon chapeau, attendent mon réveil de demain, alignés, tristes et sages, sur notre grand divan. Déjà partie, à l'abri de vous, à l'abri de ma propre faiblesse, je me donne la joie de vous écrire ma première lettre d'amour...

Vous recevrez ce bleu, demain matin, à l'heure justement où je quitterai Paris. Ce n'est rien qu'un adieu, un au revoir, écrit avant de dormir, pour vous faire savoir que je vous aime tant, que je tiens tant à vous ! Je suis désolée de vous quitter...

N'oubliez pas que vous m'avez promis de m'écrire « tout le temps » et de consoler Fossette. Je vous promets, moi, de vous rapporter une Renée lasse de « tourner », maigrie de solitude, et libre de tout, — sauf de vous.

Votre

RENÉE.

... L'ombre rapide d'un pont passe sur mes paupières que je tenais fermées et que je rouvre pour voir fuir, à la gauche du train, ce petit champ de pommes de terre que je connais si bien, blotti contre la haute muraille des fortifications...

Je suis seule dans le wagon. Brague, sévèrement économe, voyage en seconde avec le vieux Troglodyte. Un jour pluvieux, faible comme une aube grise, pèse sur la campagne où la fumée des usines se traîne. Il est huit heures, et c'est la première heure de la première matinée de mon voyage. Après un court abattement qui suivit l'agitation du départ, j'étais tombée dans une immobilité maussade qui me faisait espérer le sommeil. Hélas !...

Je me dresse pour procéder, machinalement, à des apprêts de vieille routière : je déploie le plaid en poil de chameau, je gonfle les deux coussins de caoutchouc houssés de soie, — un pour les reins, un pour la nuque, — et je cache mes cheveux nus sous un voile mordoré comme eux... Je fais cela méthodiquement, soigneusement, — tandis qu'une colère indicible et soudaine rend mes mains tremblantes... Une véritable fureur, oui, et contre moi-même ! Je pars, chaque tour de roue m'éloigne de Paris, — je pars, un printemps glacé perle en durs bourgeons à la pointe des chênes ; tout est froid, humide d'un brouillard qui sent encore l'hiver, — je pars, quand je pourrais à cette heure m'épanouir de plaisir contre le flanc chaud d'un amant ! Il me semble que ma colère creuse en moi un appétit dévorant de tout ce qui est bon, luxueux, facile, égoïste, — un besoin de me laisser rouler sur la pente la plus moelleuse, de refermer les bras et les lèvres sur un bonheur tardif, tangible, ordinaire et délicieux...

Tout m'est fastidieux de cette banlieue connue, de ces villas blafardes où bâillent des bourgeoises en camisole, qui se lèvent tard pour raccourcir les journées vides... J'aurais dû ne pas quitter Brague, demeurer avec lui sur le capiton bleu sale des compartiments de seconde classe, parmi le bavardage cordial, l'odeur humaine du wagon plein, la fumée des cigarettes à dix sous le paquet...

Le ta-ta-tam du train, que j'entends malgré moi, sert d'accompagnement au motif de danse de la *Dryade*, que je chantonne avec une obstination maniaque... Combien de temps va durer cet état d'amoindrissement ! Car je me sens diminuée, affaiblie, comme saignée. Pendant mes plus tristes jours, la vue d'un paysage médiocre, — pourvu qu'il s'enfuît rapide à ma droite et à ma gauche, pourvu qu'il se voilât par moments d'une fumée déroulée, cardée aux haies d'épine, — agissait pourtant sur moi à la façon d'un tonique guérisseur. J'ai froid. Un mauvais sommeil du matin m'engourdit, et je crois plutôt m'évanouir que m'endormir, agitée de rêves arithmétiques, enfantins, où revient cette question lassante : « Si tu as laissé là-bas la moitié de toi-même, c'est donc que tu as perdu 50 % de ta valeur primitive ? »...

Dijon, le 3 avril.

Oui, oui, je me porte bien. Oui, j'ai trouvé votre lettre ; oui, j'ai du succès... Ah ! mon chéri, sachez toute la vérité ! J'ai sombré, en vous quittant, dans le plus absurde, le plus impatient désespoir. Pourquoi suis-je partie ? Pourquoi vous ai-je quitté ? Quarante jours ! jamais je ne pourrai supporter cela, maintenant ! Et je n'en suis qu'à la troisième ville !

> *À la troisième ville*
> *Son amant l'habille*
> *En or, en argent...*

Hélas ! mon amant, je n'ai besoin ni d'argent, ni d'or, mais seulement de vous. Il a plu sur mes deux premières stations, pour que je savoure mieux mon abominable abandon, entre des murs d'hôtel tendus de chocolat et de beige, dans ces salles à manger en faux chêne que le gaz fait plus sombres !

Vous ignorez l'inconfort, fils gâté de Mme Coupe-Toujours ! Quand nous nous retrouverons, je vous raconterai, pour vous indigner et me faire chérir davantage, les retours à minuit vers l'hôtel, la boîte à maquillage qui pèse au bras las, l'attente sous le brouillard fin, contre la porte, pendant que le garçon de nuit s'éveille lentement, — la chambre affreuse aux draps mal séchés, — l'exigu pot d'eau chaude qui a eu le temps de refroidir... Et je vous ferais partager ces joies quotidiennes ? Non, mon chéri, laissez-moi user ma résistance avant de vous crier : « Viens, je n'en puis plus ! »

Il fait beau sur Dijon, d'ailleurs, et j'accueille timidement ce soleil, comme un cadeau qu'on va me reprendre tout de suite.

Vous m'avez promis de consoler Fossette. Elle est à vous autant qu'à moi. Faites attention qu'elle ne vous pardonnerait pas, en mon absence, une exagération de prévenances. Son tact de chienne bull va jusqu'à la plus délicate austérité sentimentale et s'offense, quand je la délaisse, qu'un tiers affectueux s'aperçoive de son chagrin, fût-ce pour l'en distraire.

Adieu, adieu ! je vous embrasse et je vous aime. Quel froid crépuscule, si vous saviez !... Le ciel est vert et pur comme en janvier, lorsqu'il gèle très fort. Écrivez-moi, aimez-moi, réchauffez votre

RENÉE.

10 avril.

Ma dernière lettre a dû vous faire de la peine. Je ne suis pas contente de moi, — ni de vous. Votre belle écriture est grasse et ronde, et pourtant élancée, élégante et frisée, comme cette plante qu'on nomme chez nous l' « osier fleuri » ; elle remplit quatre pages, huit pages, de quelques « je t'adore », de malédictions amoureuses, de grands regrets tout brûlants. Cela se lit en vingt secondes ! et je suis sûre que, de bonne foi, vous croyez m'avoir écrit une longue lettre ? Et puis, vous n'y parlez que de moi !...

Mon chéri, je viens de traverser, sans m'y arrêter, un pays qui est le mien, celui de mon enfance. Il m'a semblé qu'une longue caresse me couvrait le cœur... Un jour, promets-le-moi, nous y viendrons ensemble ? Non, non ! qu'est-ce que j'écris là ? nous n'y viendrons pas ! Vos forêts d'Ardennes humilieraient, dans votre souvenir, mes taillis de chênes, de ronces, d'alisiers, et vous ne verriez point, comme moi, trembler au-dessus d'eux, ni sur l'eau ténébreuse des sources, ni sur la colline bleue que la haute fleur du chardon décore, le mince arc-en-ciel qui sertit, magiquement, toutes choses de mon pays natal !...

Rien n'y a changé. Quelques toits neufs, d'un rouge frais, c'est tout. Rien n'a changé dans mon pays, — que moi. Ah ! mon ami chéri, que je suis vieille ! Pouvez-vous bien aimer une aussi vieille jeune femme ? Je rougis de moi, ici. Que n'avez-vous connu la longue enfant qui traînait ici ses royales tresses, et sa silencieuse humeur de nymphe des bois ? Tout cela, que je fus, je l'ai donné à un autre, à un autre que vous ! Pardonnez-moi ce cri, Max, c'est celui de mon tourment, celui que je retiens depuis que je vous aime ! Et qu'aimez-vous en moi, maintenant, maintenant qu'il est trop tard, sinon ce qui me change, ce qui vous ment, sinon mes boucles foisonnant comme un feuillage, sinon mes yeux que le koheul bleu allonge et noie, sinon la fausse matité d'un teint poudré ? Que diriez-vous si je reparaissais, si je comparaissais devant vous, coiffée de mes lourds cheveux plats, avec mes cils blonds lavés de leur mascaro, avec les yeux enfin que ma mère m'a faits, sommés d'un bref sourcil prompt à se froncer, gris, étroits, horizontaux, au fond desquels brille un dur et rapide regard où je retrouve celui de mon père ?

N'ayez pas peur, mon ami chéri ! Je vous reviendrai telle, à peu près, que je partis, un peu plus lasse, — un peu plus tendre... Mon pays m'enchante d'une ivresse triste et passagère, chaque fois que je le frôle, mais je n'oserais pas m'y arrêter. Peut-être n'est-il beau que parce que je l'ai perdu...

Adieu, cher, cher Max. Il nous faut partir très tôt, demain, pour Lyon, sans quoi nous n'aurions pas notre répétition d'orchestre à laquelle je veille, *tandis que Brague, jamais fatigué, s'occupe des programmes, des cadres d'affiches, de la vente de nos cartes postales...*

Ah ! que j'ai eu froid encore hier soir, sous ce léger costume de l'Emprise ! C'est mon ennemi, le froid ; il suspend ma vie et ma pensée. Vous le savez, vous, aux mains de qui se réfugient mes mains, recroquevillées comme deux feuilles sous la gelée ! Tu me manques, ma chère chaleur, autant que le soleil.

Ta
Renée.

Nous tournons. Je mange, je dors, je marche, je mime et je danse. Point d'entrain, mais point d'effort. Un seul instant de fièvre dans toute la journée : celui où je demande, chez la concierge du music-hall, s'il y a « du courrier » pour moi ? Je lis mes lettres en affamée, accotée au chambranle graisseux de l'entrée des artistes, dans le fétide courant d'air qui sent la cave et l'ammoniaque... L'heure qui suit en est plus lourde, quand il n'y a plus rien à lire, quand j'ai déchiffré la date du timbre, et retourné l'enveloppe, comme si j'espérais en voir tomber une fleur, une image...

Je ne fais pas attention aux villes où nous jouons. Je les connais et ne me soucie pas de les reconnaître. Je m'accroche à Brague, qui reprend possession de ces « patelins » familiers, — Reims, Nancy, Belfort, Besançon, — en conquérant débonnaire...

— Tu as vu ? la petite gargote est toujours au coin du quai : je parie qu'ils me reconnaissent, quand on ira ce soir bouffer la saucisse au vin blanc !

Il respire largement, se jette dans les rues avec une joie de vagabond, et flâne aux boutiques, et grimpe aux cathédrales. Je l'escorte, moi qui le précédais l'an passé. Il me traîne dans son ombre, et quelquefois nous remorquons aussi le Vieux Troglodyte, qui, d'habitude, s'en va seul, efflanqué, minable sous son veston mince et son pantalon trop court... Où couche-t-il ? où mange-t-il ? je l'ignore. Brague, questionné, m'a répondu brièvement :

— Où il veut. Je ne suis pas sa bonne !

L'autre soir, à Nancy, j'ai aperçu le Troglodyte dans sa loge. Debout, il mordait dans un pain d'une livre et tenait délicatement entre deux doigts une tranche de fromage de tête. Ce repas de pauvre, et le vorace mouvement de ses mâchoires... J'en eus le cœur serré et j'allai trouver Brague :

— Brague, est-ce que le Troglodyte a de quoi vivre en tournée ? Il gagne bien quinze francs, n'est-ce pas ? Pourquoi ne se nourrit-il pas mieux ?

— Il fait des économies, répondit Brague. *Tout le monde* fait des économies en tournée ! *Tout le monde* n'est pas Vanderbilt ou Renée Néré, pour se coller des chambres à cent sous et des cafés au lait servis dans la taule ! Le Troglodyte me doit son costume de scène que je lui ai avancé : il me le paye une thune par jour. Dans vingt jours, il pourra bouffer des huîtres et se laver les pieds dans du cocktail, s'il veut. Ça le regarde.

Ainsi tancée, je me suis tue... Et je « fais des économies », moi aussi, par habitude d'abord, et puis pour imiter mes compagnons, pour n'exciter ni leur jalousie, ni leur mépris. Est-ce l'amie de Max, cette dîneuse que reflète la glace enfumée d'une « brasserie lorraine », cette voyageuse aux yeux cernés, un grand voile noué sous le menton, et tout entière, — du chapeau aux bottines, — couleur de route, avec l'air indifférent, calme et insociable, de ceux qui ne sont ni d'ici ni d'ailleurs ? Est-ce l'amante de Max, la claire amante qu'il étreignait, demi nue dans un kimono rose, cette comédienne fatiguée qui s'en vient, en corset et en jupon, chercher dans la malle de Brague la chemise, le linge du lendemain, et ranger ses frusques pailletées ?...

Chaque jour, j'attends la lettre de mon ami. Chaque jour, elle me console et me déçoit tout ensemble. Il écrit simplement, mais, — cela se devine, — sans facilité. Sa belle écriture fleurie retarde l'élan de sa main. Et puis sa tendresse le gêne, et sa tristesse, il s'en plaint avec ingénuité : « Quand je t'aurai dit cent fois que je t'aime, et que je t'en veux terriblement de m'avoir quitté, que te dirai-je ? Ma femme chérie, mon petit bas-bleu de femme, vous allez vous moquer de moi, mais ça m'est bien égal... Mon frère va partir pour les Ardennes, et je l'accompagne : écris-moi aux Salles-Neuves, chez Maman. Je m'en vais toucher de l'argent, — de l'argent pour nous, pour notre ménage, petite aimée ! »

Il me raconte ainsi ses faits et gestes, sans commentaires, sans guirlandes. Il m'associe à sa vie, et m'appelle sa femme... Sa chaude sollicitude m'arrive, il s'en doute, toute refroidie sur ce papier, traduite en une écriture bien équilibrée : si loin, de quel secours nous sont les mots ? Il faudrait... je ne sais... il faudrait quelque fougueux dessin, tout embrasé de couleurs...

11 avril.

Ça, c'est le comble ! Vous vous faites tirer les cartes par Blandine, maintenant ! Mon chéri, vous êtes perdu ! Cette fille a coutume de prophétiser, dès que je quitte la maison, les catastrophes les plus pittoresques. Si je pars en tournée, elle rêve chats et serpents, eau trouble, linge plié, et lit dans les cartes les aventures tragiques de Renée Néré (la dame de trèfle) avec le Jeune Homme Faux, le Militaire et l'Homme de la Campagne ! Ne l'écoutez pas, Max : comptez les jours comme je fais, et souriez — oh ! ce sourire qui remonte imperceptiblement vos narines ! — à penser que la première semaine est presque finie !...

Dans un mois et quatre jours, je vous prédis, moi, que je « ferai route » pour rejoindre l'« Homme de tout cœur » et que « grande joie vous en aurez », et que le Jeune Homme Faux en sera « piqué », ainsi que la mystérieuse « Femme de mauvaise vie » — j'ai nommé la Dame de carreau.

Nous voici pour cinq jours à Lyon. C'est le repos, dites-vous ? Oui, si par là vous entendez que je pourrai, quatre matins de suite, me réveiller en sursaut, au jour levant, avec la peur folle de manquer mon train, puis retomber sur mon lit, dans une paresse dégoûtée que fuit le sommeil, et écouter longtemps s'éveiller autour de moi les servantes, les sonnettes, les voitures de la rue ! C'est bien pis, mon chéri, que le départ quotidien à l'aube ! Il me semble que, du fond de mon lit, j'assiste à une remise en branle dont je suis exclue, que le monde recommence à « tourner » sans moi... Et puis, c'est du fond de mon lit, aussi, que je vous regrette le plus, — sans défense contre mes souvenirs, terrassée d'ennui et d'impuissance...

Ô cher ennemi, nous aurions pu passer ici ces cinq jours ensemble... Ne crois pas à un défi : je ne veux pas que tu viennes !... Eh ! je n'en mourrai pas, que diable ! Tu as toujours l'air de croire que je suis déjà morte de ton absence ! Mon beau paysan, je n'en suis qu'endormie — j'hiverne...

Il ne pleut pas, il fait doux, mou, gris, — un très beau temps de Lyon. C'est un peu bête, ces informations météorologiques qui reviennent dans toutes mes lettres ; mais si vous saviez comme, en tournée, notre sort et notre humeur sont suspendus à la couleur du ciel ! « Temps mouillé, poche sèche », dit Brague.

Depuis quatre ans, j'ai passé sept ou huit semaines à Lyon, mon ami. Et ma première visite fut pour les cerfs du Parc Saint-Jean, pour les blonds petits faons au regard borné et tendre. Ils sont si nombreux, si pareils l'un à l'autre, que je ne peux pas en choisir un : ils me suivent le long du grillage, d'un trot-tinement qui grêle le sol, et mendient le pain noir par un bêlement clair, obstiné et timide. L'odeur du gazon, de la terre remuée, est si forte dans ce jardin, à la fin du jour, sous l'air immobile, qu'elle suffirait à me rendre à vous si j'essayais de m'échapper...

Adieu, chéri. J'ai retrouvé à Lyon des errants de ma sorte, rencontrés ici et ailleurs. Quand je vous aurai dit que l'un se nomme Cavaillon, chanteur comique, et l'autre Amalia Barally, duègne de comédie, vous serez bien avan-cé ! Barally est pourtant presque une amie, car nous avons joué ensemble une pièce en trois actes, tout autour de la France, il y a deux ans. C'est une ex-belle femme, brune et busquée, routière finie et connaissant par leurs noms les auberges du monde entier. Elle a chanté l'opérette à Saïgon, joué la tragédie au Caire, et fait les belles nuits de je ne sais quel khédive...

Je goûte en elle, outre sa gaieté qui résiste à la misère, cette humeur protec-trice, cette adresse à soigner, cette maternité délicate dans le geste, — apanage des femmes qui ont sincèrement et passionnément aimé les femmes : elles en gardent un attrait indéfinissable, et que vous ne percevrez jamais, vous autres hommes...

Mon Dieu, comme je vous écris ! Je passerais tout mon temps à vous écrire, — j'y ai moins d'effort, je crois, qu'à vous parler. Embrassez-moi ! il fait presque nuit, c'est la mauvaise heure. Embrassez-moi bien serré, bien serré !

Votre
Renée.

15 avril.

Mon chéri, que vous êtes gentil ! quelle bonne idée ! Merci, merci de tout mon cœur pour cet instantané mal lavé, jaune d'hyposulfite ! vous y êtes, mes chers, ravissants tous deux. Et voilà que je ne peux plus vous gronder d'avoir emmené, sans ma permission, Fossette aux Salles-Neuves. Elle a l'air si contente dans vos bras ! Elle a pris sa figure pour photographes, sa gueule de lutteur costaud, détenteur de la Ceinture d'Or.

Il est clair — je le constate avec une gratitude un peu jalouse — qu'en cet instant elle ne pensait pas du tout à moi. Mais à quoi rêvaient vos yeux que je ne vois pas, paternellement baissés sur Fossette ? *La gaucherie tendre de vos* bras autour de cette petite chienne m'émeut et m'égaie. Je glisse ce portrait de vous avec les deux autres, dans le vieux portefeuille de cuir, vous savez ? auquel vous trouvez l'air mystérieux et méchant...

Envoyez-moi encore d'autres photographies, dites ! J'en ai emporté quatre, je les compare, je vous y examine, avec une loupe, pour retrouver, sur chacune, malgré le léchage des retouches, les lumières travaillées, un peu de votre être secret... Secret ? ma foi, non, rien en vous ne donne le change. Il me semble que n'importe quelle petite oie vous connaîtrait, en un regard, aussi bien que moi.

Je dis ça, vous savez, et je n'en pense pas un mot. Il y a, sous ma taquinerie, un vilain petit désir de vous simplifier, d'humilier en vous le vieil adversaire : c'est ainsi que j'appelle, depuis toujours, l'homme destiné à me posséder...

C'est vrai qu'il y a tant d'anémones dans vos bois, et de violettes ? J'en ai vu, des violettes, du côté de Nancy, tandis que je traversais ce pays d'Est ondulé, bleui de sapins, coupé de rivières vives et miroitantes, où l'eau est d'un noir vert. Était-ce vous, ce grand gars debout, jambes nues dans l'eau glacée, et pêchant la truite ?...

Adieu. Nous partons demain pour Saint-Étienne. Hamond ne m'écrit presque pas, je m'en plains à vous. Tâchez de m'écrire beaucoup, cher souci, pour que je ne me plaigne pas à Hamond ! je t'embrasse...

Renée.

Nous venons de dîner chez Berthoux, — restaurant d'artistes, — Barally, Cavaillon, Brague, moi, — et le Troglodyte que j'avais invité, pauvre bougre ! Celui-ci ne parle pas, il ne pense qu'à manger. Un dîner de cabots, bruyant, animé d'une assez fausse gaieté. Cavaillon, avare, a payé pourtant une bouteille de Moulin-à-Vent.

— Faut-il que tu te barbes ici, gouaillait Brague, pour te fendre d'une négresse de choix !

— Tu parles ! répondit brièvement Cavaillon.

Cavaillon, jeune et déjà célèbre au music-hall, y fait l'envie de tous. On dit de lui que « Dranem le craint », qu' « il gagne ce qu'il veut ». Nous avons déjà croisé deux ou trois fois la route de ce long gars de vingt-deux ans, qui marche en homme-serpent, comme désossé, et balance des poings si lourds au bout de poignets frêles. Sa figure est presque jolie, sous des cheveux blonds coupés en frange, mais son trouble regard mauve, errant, sournois, lit la neurasthénie aiguë, presque la démence. Son mot, c'est : « Je me crève ! » Il attend, toute la journée, l'heure de son numéro, pendant lequel il oublie, s'amuse, redevient jeune et emballe le public. Il ne boit pas, il ne noce pas. Il place son argent, et il crève d'ennui...

Barally, qui « tire » une saison aux Célestins, s'est grisée de parler, de rire, en montrant ses belles dents, de raconter des *bombes* terribles de sa jeunesse. Elle nous dit ces théâtres coloniaux d'il y a vingt ans, quand elle chantait l'opérette à Saïgon, dans une salle éclairée par huit cents lampes à pétrole... Sans le sou, déjà vieille, elle incarne une bohème démodée, incorrigible et sympathique...

Un gentil dîner, tout de même : on se chauffe, on se serre un instant autour de la table trop petite, et puis adieu ! — un adieu sans regrets : c'est demain, c'est tout à l'heure qu'on s'oublie... On repart, enfin ! Cinq jours à Lyon sont interminables...

Cavaillon nous accompagne au Kursaal ; c'est trop tôt pour lui, qui se grime en dix minutes, mais il s'accroche à nous, rongé de solitude, redevenu muet et sombre... Le Troglodyte, enchanté, un peu gris, chante aux étoiles, et moi je rêve, j'écoute le vent noir qui se lève et remonte le quai du Rhône avec un ronflement marin. D'où vient que je me balance ce soir sur une houle invisible, comme un navire que renfloue la mer ? C'est un soir à voguer jusqu'à l'autre côté du monde. J'ai les joues froides, les oreilles glacées, le nez humide : tout mon animal se sent dispos, solide, aventureux... jusqu'au seuil du Kursaal où la tiédeur moisie du sous-sol suffoque mes poumons nettoyés.

Mornes comme des bureaucrates, nous gagnons ces singulières loges d'artistes, — à la fois greniers provinciaux et mansardes pour domestiques, — tendues d'un papier pauvre, gris et blanc... Cavaillon, qui nous a semés dans l'escalier, est déjà dans sa loge où je l'aperçois, assis devant la tablette à maquillage, accoudé, la tête dans ses mains. Brague me dit que le comique passe ainsi ses lugubres soirées, prostré, muet, à demi fou déjà... Je frissonne. Je voudrais chasser le souvenir de cet homme assis, qui cache son visage. J'ai peur de lui ressembler, à lui, échoué et misérable, perdu au milieu de nous, conscient de sa solitude...

18 avril.

Vous craignez que je ne vous oublie ? voilà du nouveau ! Max chéri, ne commencez pas à « faire la grue », comme je dis ! Je pense à vous, je vous regarde, de loin, avec une attention si vive que vous devez, par instants, en être mystérieusement averti. N'est-ce pas ? Je vous observe, à travers la distance, profondément, sans me lasser. Je vous vois si bien ! C'est maintenant que les heures de notre rapide intimité n'ont plus de secrets pour moi et que je déroule toutes nos paroles, tous nos silences, nos regards, nos gestes, fidèlement enregistrés avec leurs valeurs picturales et musicales... Et c'est le temps que vous choisissez pour coqueter, un doigt au coin de la bouche : « Vous m'oubliez ! Je vous sens plus loin de moi ! » Oh ! la seconde vue des amants !

Je m'éloigne, c'est vrai, mon ami. Nous venons de dépasser Avignon et j'ai pu croire hier, — en m'éveillant dans le train après un somme de deux heures, — que j'avais dormi deux mois ; le printemps était venu sur ma route, le printemps comme on l'imagine dans les contes de fées, l'exubérant, l'éphémère, l'irrésistible printemps du Midi, gras, frais, jailli en brusques verdures, en herbes déjà longues que le vent balance et moire, en arbres de Judée mauves, en paulownias couleur de pervenche grise, en faux ébéniers, en glycines, en roses !

Les premières roses, mon ami aimé ! Je les ai achetées à la gare d'Avignon, à peine entrebâillées, d'un jaune de soufre rehaussé de carmin, transparentes au soleil comme une oreille que teinte un sang vif, parées de feuilles tendres, d'épines courbes en corail poli. Elles sont là sur ma table. Elles embaument l'abricot, la vanille, le très fin cigare, la brune soignée, — c'est l'odeur même, Max, de vos mains sèches et foncées...

Mon ami, je me laisse éblouir et ranimer par cette saison neuve, ce ciel vigoureux et dur, la dorure particulière de ces pierres que le soleil caresse toute l'année... Non, non, ne me plaignez pas de partir à l'aube, puisque l'aube, en ce pays, s'échappe, nue et empourprée, d'un ciel laiteux, éventé de sons de cloches et de vols de pigeons blancs... Oh ! je vous en prie, comprenez que vous ne devez pas m'écrire de lettres « soignées », que vous ne devez pas penser à ce que vous m'écrivez ! Écrivez n'importe quoi, la couleur du temps, l'heure de votre réveil, votre méchante humeur contre la « romanichelle appointée » ; remplissez les pages avec le même mot tendre, répété comme le cri d'un oiseau amoureux qui appelle ! Mon cher amant, j'ai besoin que ton *désordre réponde à celui de ce printemps qui a crevé la terre et se consume de sa propre hâte !...*

Il m'arrive rarement de relire mes lettres. J'ai relu celle-ci, — et je l'ai laissée partir, avec l'étrange impression que je commettais une maladresse, une erreur, et qu'elle s'en allait vers un homme qui n'aurait pas dû la lire... La tête me tourne un peu, depuis Avignon. Les pays de brume ont fondu là-bas, derrière les rideaux de cyprès que le mistral penche. Le soyeux bruissement des longs roseaux est entré, ce jour-là, par la glace baissée du wagon, en même temps qu'une odeur de miel, de sapin, de bourgeons vernis, de lilas en boutons, — ce parfum amer du lilas avant la fleur, qui mêle la térébenthine et l'amande. L'ombre des cerisiers est violette sur la terre rougeâtre, qui déjà se fendille de soif. Sur les routes blanches que le train coupe ou longe, une poussière crayeuse roule en tourbillons bas et poudre les buissons... Le murmure d'une fièvre agréable bourdonne sans cesse à mes oreilles, comme celui d'un essaim lointain...

Sans défense, perméable à cet excès, pourtant prévu de parfums, de couleur, de chaleur, je me laisse surprendre, emporter, convaincre. Est-il possible qu'une telle douceur soit sans danger ?

La Cannebière assourdissante fourmille à mes pieds, sous le balcon, la Cannebière qui ne se repose ni jour ni nuit, et où la flânerie acquiert l'importance, la sécurité d'une fonction. Si je me penche, je puis voir scintiller au bout de la rue, derrière la dentelle géométrique des cordages, l'eau du port, — un bout de mer d'un bleu épais, qui danse à petites vagues courtes...

Ma main, sur le rebord du balcon, froisse le dernier billet de mon ami, qui répond à ma lettre de Lyon. Il s'y souvient, hors de propos, que ma camarade Amalia Barally n'aimait pas les hommes ! Il n'a pas manqué, en être « normal » et « bien équilibré » qu'il est, de flétrir un peu, en la raillant, ma vieille amie, et de nommer « vice » ce qu'il ne comprend pas. À quoi bon lui expliquer ?... Deux femmes enlacées ne seront jamais pour lui qu'un groupe polisson, et non l'image mélancolique et touchante de deux faiblesses, peut-être réfugiées aux bras l'une de l'autre pour y dormir, y pleurer, fuir l'homme souvent méchant, et goûter, mieux que tout plaisir, l'amer bonheur de se sentir pareilles, infimes, oubliées... À quoi bon écrire, — et plaider, — et discuter ?... Mon voluptueux ami ne comprend que l'amour...

21 avril.

Ne faites pas cela ! ne faites pas cela, je vous en supplie ! Débarquer ici sans crier gare, vous n'y avez pas songé sérieusement, dites ?

Ce que je ferais, si je vous voyais soudain entrer dans ma loge, comme il y a cinq mois à l'Empyrée-Clichy ? Mon Dieu, je vous garderais, vous n'en doutez pas. C'est pour cela qu'il ne faut pas venir ! Je vous garderais, mon chéri, contre mon cœur, contre ma gorge tant caressée, contre ma bouche qui défleurit de n'être plus baisée... Ah ! comme je vous garderais !... C'est pour cela qu'il ne faut pas venir...

Cessez d'invoquer notre mutuel besoin de reprendre courage, de puiser l'un dans l'autre l'énergie d'une nouvelle séparation. Laissez-moi toute seule à mon métier, — que vous n'aimez pas. Il s'en faut de vingt jours que je revienne, voyons ! Laissez-moi accomplir ma tournée, en y mettant une conscience vaguement militaire, une application d'honnête travailleuse, à laquelle il ne faut pas mêler notre bonheur... Ta lettre m'a fait peur, mon chéri. J'ai cru que j'allais te voir entrer. Songe à ne pas abîmer ton amie, ne lui prodigue ni la peine, ni la joie imprévues...

RENÉE.

L'auvent de toile bat de l'aile au-dessus de nous, éventant d'ombre et de lumière la terrasse du restaurant où nous venons de déjeuner sur le port. Brague lit les journaux et, de temps en temps, s'exclame et parle ; mais il n'a pas l'air de s'adresser à moi, il parle à lui-même, — à personne... Je ne l'entends pas, je le vois à peine. Une habitude déjà longue a supprimé entre nous la politesse, la coquetterie, la pudeur, tous les mensonges... Nous venons de manger des oursins, des tomates, de la brandade de morue. Il y a devant nous, entre la mer huileuse, qui lèche le flanc des bateaux, et la balustrade de bois ajouré qui clôt cette terrasse, une bande de pavé où défilent des gens affairés à figures heureuses de fainéants ; — il y a des fleurs fraîches, des œillets durement cordés en bottes comme des poireaux, qui trempent dans des seaux verts ; — il y a un éventaire chargé de bananes noires, qui sentent l'éther, et de coquillages ruisselants d'eau marine, des oursins, des violets, des palourdes, des moules bleues, des praires, tout ouverts parmi les citrons et les fioles de vinaigre rose...

Je rafraîchis ma main à la panse de l'alcarazas blanc, brodé comme un melon, qui sue sur la table. Tout ce qui est là m'appartient et me possède. Demain je ne croirai pas emporter cette image, mais il me semble qu'une ombre de moi, détachée de moi comme une feuille, demeurera ici, un peu courbée de fatigue, sa main transparente étendue et posée au flanc d'un alcarazas invisible...

Je contemple mon royaume changeant, comme si j'avais failli le perdre. Rien ne menace pourtant cette facile vie roulante, rien, qu'une lettre. Elle est là, dans mon petit sac. Eh ! comme il écrit, mon ami, quand il veut ! comme il se fait clairement comprendre ! Voici, sur huit pages, ce que je puis appeler enfin une vraie lettre d'amour. Elle en a l'incohérence, l'orthographe deux ou trois fois boiteuse, la tendresse et... l'autorité. Une autorité superbe, qui dispose de moi, de mon avenir, de ma courte vie entière. L'absence a fait son œuvre : il a souffert sans moi, — puis il a réfléchi et ordonné soigneusement un bonheur durable, — il m'offre le mariage, comme il m'offrirait un clos ensoleillé, borné de murs solides...

« Ma mère a bien crié un peu, mais je la laisse crier. Elle a toujours fait ce que j'ai voulu. Tu feras sa conquête, et puis, pour le peu de temps que nous passerons avec elle ! Vous aimez le voyage, ma femme chérie ? Vous en aurez, jusqu'à vous lasser ; vous aurez à vous toute la terre, jusqu'à ne plus aimer qu'un petit coin à nous, où vous ne serez plus Renée Néré, mais Madame Ma Femme ! Il faudra bien que cette *vedette* vous suffise !... Je m'occupe déjà de... »

De quoi s'occupe-t-il, déjà ?... je déplie les minces feuilles de papier pelure, qui font un bruit de billets de banque : il s'occupe de déménagement ; car le second étage de l'hôtel, chez son frère, ne fut jamais qu'une sortable garçonnière... Il guigne quelque chose du côté de la rue Pergolèse...

Dans un mouvement d'hilarité brutale, je froisse la lettre en m'écriant :

— Eh bien ! et moi, on ne me consulte pas ? Qu'est-ce que je deviens, dans tout ça ?

Brague lève la tête, puis reprend son journal, sans mot dire. Sa discrétion, qui dose également la réserve et l'indifférence, ne s'étonne pas de si peu.

Je ne mentais pas, quand j'écrivais à Max, il y a deux jours : « Je vous vois si bien, à présent, à présent que je suis loin ! » Pourvu que je ne le voie pas trop bien !... Jeune, trop jeune pour moi, oisif, libre, — tendre, certes, mais gâté : « Ma mère a toujours fait ce que j'ai voulu... » J'écoute sa voix prononcer ces mots-là, sa belle voix sombre, nuancée, prenante, et comme travaillée théâtralement, sa voix qui embellit les paroles, — j'écoute, en écho diabolique, une autre voix qui monte, assourdie, du fond noir de mes souvenirs : « La femme qui me fera marcher n'est pas encore née !... » Coïncidence, si l'on veut... mais il me semble tout de même que je viens d'avaler un petit morceau de verre pointu...

Oui, qu'est-ce que je deviens, dans tout ça ? Une femme heureuse ?... Ce soleil, qui pénètre, impérieux, dans mon intime « chambre noire », me gêne pour penser...

— Je rentre, Brague : je suis fatiguée.

Brague me regarde par-dessus son journal, la tête penchée sur l'épaule pour éviter le filet de fumée qui monte de sa cigarette, à demi éteinte au coin de ses lèvres.

— Fatiguée ? pas malade ? C'est samedi, tu sais ! le public de l'Eldo sera chaud : tiens-toi ferme !

Je ne daigne pas répondre. Me prend-il pour une débutante ? On le connaît, ce public de Marseille, irritable et bon enfant, qui méprise la timidité et châtie l'outrecuidance, et qu'on ne conquiert pas sans lui donner toutes ses forces...

Le déshabillage, la fraîcheur, sur la peau, d'un kimono de shantung bleuâtre, lavé vingt fois, dissipent ma migraine commençante. Je ne m'étends pas sur mon lit, de peur de m'endormir : ce n'est pas pour me reposer que je viens ici. Agenouillée sur un fauteuil, contre la fenêtre ouverte, je m'accoude au dossier, caressant l'un à l'autre derrière moi mes pieds nus. Je retrouve, depuis quelques jours, l'habitude de me camper au bord d'une table, de m'asseoir de biais sur le bras d'un fauteuil, de garder longtemps des attitudes incommodes sur des sièges inconfortables, comme si les brèves pauses que je fais sur ma route ne valaient pas la peine d'une installation, d'un repos préparé... Les chambres où je couche, on dirait que j'y suis entrée pour un quart d'heure, le manteau jeté ci, le chapeau là... C'est dans le wagon que je me révèle ordonnée jusqu'à la manie, entre mon sac, mon plaid roulé, mes journaux et mes livres, les coussins de caoutchouc qui étayent mon sommeil rigide, un sommeil prompt de voyageuse endurcie, qui ne dérange ni mon voile noué en bandeau de religieuse, ni ma jupe tirée à ras des chevilles.

Je ne me repose pas. Je veux me contraindre à réfléchir, et ma pensée regimbe, s'échappe, fuit sur le chemin de lumière que lui ouvre un rayon tombé sur le balcon, et s'en va là-bas, sur un toit en mosaïque de tuiles vertes, où elle s'arrête puérilement pour jouer avec un reflet, une ombre de nuages, rien... Je lutte, je me fouaille... Puis je cède une minute, et je recommence. Ce sont de telles joutes qui font aux exilés de ma sorte ces yeux si grands ouverts, si lents à décrocher leur regard d'un appât invisible. Morose gymnastique de solitaire...

Solitaire ! que vais-je songer là, quand mon amant m'appelle, prêt à répondre de moi pour toute la vie ?...

Mais, « toute la vie », je ne sais pas ce que c'est. Il y a trois mois, je prononçais ces mots terribles « dix ans », « vingt ans », sans comprendre. Il est temps de comprendre, à présent ! Mon amant m'offre sa vie, sa vie imprévoyante et généreuse d'homme jeune, qui a trente-quatre ans à peu près, — comme moi. Il ne doute pas de ma jeunesse, il ne voit pas *la fin*, — la mienne. Son aveuglement me refuse le droit de changer, de vieillir, alors que tout instant, ajouté à l'instant écoulé, me dérobe déjà à lui...

J'ai encore de quoi le contenter, mieux : l'éblouir. Je puis quitter ce visage-ci, comme on se démasque ; j'en ai un autre plus beau, qu'il a entrevu... Et je me dévêts comme d'autres se parent, rompue, — car je fus le modèle de Taillandy avant d'être danseuse, — à déjouer les dangers de la nudité, à me mouvoir nue sous la lumière comme sous une draperie compliquée. Mais... pour combien d'années suis-je armée encore ?

Mon ami m'offre son nom et sa fortune, avec son amour. Décidément, mon maître le Hasard fait bien les choses et veut récompenser d'un coup le culte capricieux que je lui voue. C'est inespéré, c'est fou, c'est... c'est un peu trop !

Cher brave homme ! il attendra ma réponse impatiemment, et guettera le facteur sur la route, en compagnie de Fossette, — ma Fossette qui exulte de jouer à la châtelaine, qui roule en auto et fait le train de ceinture autour des chevaux sellés !... Il doit corser sa joie d'un orgueil naïf, légitime, l'orgueil d'être le Monsieur assez chic pour hisser vers lui, du sous-sol de l'Emp'Clich' à la terrasse blanche des Salles-Neuves, une « petite bonne femme de caf'conc' »...

Cher, cher *bourgeois* héroïque !... Ah ! pourquoi n'en aime-t-il pas une autre ! Comme une autre le rendrait heureux ! Il me semble que je ne pourrai jamais, moi...

S'il ne fallait que me donner ! Mais il n'y a pas que la volupté... La volupté tient, dans le désert illimité de l'amour, une ardente et très petite place, si embrasée qu'on ne voit d'abord qu'elle : je ne suis pas une jeune fille toute neuve, pour m'aveugler sur son éclat. Autour de ce foyer inconstant, c'est l'inconnu, c'est le danger... Que sais-je de l'homme que j'aime et qui me veut ? Lorsque nous nous serons relevés d'une courte étreinte, où même d'une longue nuit, il faudra commencer à vivre l'un près de l'autre, l'un par l'autre. Il cachera courageusement les premières déconvenues qui lui viendront de moi, et je tairai les miennes, par orgueil, par pudeur, par pitié, — et surtout parce que je les aurai attendues, redoutées, *parce que je les reconnaîtrai...* Moi qui me contracte toute, à l'entendre me nommer « mon enfant chérie », moi qui tremble devant certains gestes de lui, devant certaines intonations ressuscitées, quelle armée de fantômes me guette derrière les rideaux d'une couche encore fermée ?...

... Aucun reflet ne danse plus, là-bas, sur le toit aux tuiles vertes. Le soleil a tourné ; un lac de ciel, tout à l'heure d'azur entre deux fuseaux de nuages immobiles, pâlit suavement, passe de la turquoise au citron vert. Mes bras accoudés, mes genoux pliés se sont engourdis. L'infructueuse journée va finir, et je n'ai rien décidé, rien écrit, je n'ai pas arraché à mon cœur un de ces mouvements irrépressibles dont j'acceptais autrefois sans contrôle — et prête à la nommer « divine » — l'orageuse impulsion.

Que faire ?... Pour aujourd'hui, écrire, brièvement, car l'heure presse, et mentir...

Mon chéri, il est presque six heures, et j'ai passé la journée à lutter contre une terrible migraine. La chaleur est telle, et si soudaine, que j'en gémis, mais, comme Fossette devant un feu trop vif, sans rancune. Et puis votre lettre, par là-dessus !... C'est trop de soleil, trop de lumière à la fois, le ciel et vous m'accablez sous vos dons ; je n'ai la force, aujourd'hui, que de soupirer : « C'est trop !... » Un ami tel que vous, Max, et beaucoup d'amour et beaucoup de bonheur, et beaucoup d'argent... Vous me croyez donc bien solide ? Je le suis d'habitude, c'est vrai, mais pas aujourd'hui. Laissez-moi le temps...

Voici une photographie pour vous. Je la reçois de Lyon, où Barally a pris cet instantané. M'y trouvez-vous assez noire, assez petite, assez chien perdu, avec ces mains croisées et cet air battu ? Franchement, mon ami aimé, cette passante menue porte bien mal l'excès d'honneur et de biens que vous lui promettez. Elle regarde de votre côté, et son museau défiant de renard semble vous dire : « C'est bien pour moi, tout ça ? vous êtes sûr ? »

Adieu, mon ami chéri. Vous êtes le meilleur des hommes, et vous méritiez la meilleure des femmes. Ne regretterez-vous pas d'avoir choisi seulement

Renée Néré ?

J'ai quarante-huit heures devant moi...

Et maintenant, vite ! La toilette, le dîner chez Basso sur la terrasse, dans le vent frais, dans l'odeur de citron et de moules mouillées, la course vers l'Eldorado par les avenues baignées d'électricité rose, — la rupture, enfin, pour quelques heures, du fil qui me tire là-bas, en arrière, sans repos...

$\mathscr{N}$ice, Cannes, Menton... Je tourne, suivie par mon tourment qui grandit : un tourment si vivace, si constamment présent que je crains parfois de voir la forme de son ombre à côté de la mienne, sur le grès blond des jetées qui bordent la mer, sur le pavé chaud où fermentent des écorces de bananes... Mon tourment me tyrannise ; il s'interpose entre moi et le plaisir de vivre, de contempler, de respirer profondément... Une nuit, j'ai rêvé que je n'aimais pas, et, cette nuit-là, j'ai reposé, délivrée de tout, comme dans une mort suave...

À ma lettre ambiguë de Marseille, Max a répliqué par une lettre heureuse et tranquille, un long remerciement sans rature, où l'amour se faisait amical, assuré, fier de donner tout et de recevoir davantage, — une lettre, enfin, qui pouvait me donner l'illusion d'avoir écrit : « Tel jour, telle heure, je suis à vous, et nous partons ensemble. »

C'en est donc fait ? Suis-je engagée à ce point ? Est-ce l'impatience, est-ce la hâte, cette méchante fièvre qui, d'un jour à un autre, d'une ville à une autre, d'une nuit à une autre, me fait trouver le temps si long ?... À Menton, j'écoutais, hier, dans une pension de famille endormie au milieu des jardins, s'éveiller les oiseaux et les mouches, et le perroquet du balcon. Le vent de l'aube froissait les palmiers comme des roseaux morts, et je reconnaissais tous les sons, toute la musique d'un matin semblable de l'année dernière. Mais, cette année, le sifflement du perroquet, le bourdonnement des guêpes dans le soleil levant, et la brise dans les palmes dures, tout cela reculait, s'éloignait de moi, semblait murmurer comme l'accompagnement de mon souci, servir de pédale à l'idée fixe, — à l'amour.

Sous ma fenêtre, dans le jardin, un parterre oblong de violettes, que le soleil n'avait pas encore touchées, bleuissait dans la rosée, sous des mimosas d'un jaune de poussin. Il y avait aussi, contre le mur, des roses grimpantes qu'à leur couleur je devinais sans parfum, un peu soufrées, un peu vertes, de la même nuance indécise que le ciel pas encore bleu. Les mêmes roses, les mêmes violettes que l'an passé... Mais pourquoi n'ai-je pu, hier, les saluer de ce sourire involontaire, reflet d'une inoffensive félicité mi-physique, où s'exhale le silencieux bonheur des solitaires ?

Je souffre. Je ne puis m'attacher à ce que je vois. Je me suspends, encore un instant, encore un instant, — à la plus grande folie, à l'irrémédiable malheur du reste de mon existence. Accrochée et penchante comme l'arbre qui a grandi au-dessus du gouffre, et que son épanouissement incline vers sa perte, je résiste encore, et qui peut dire si je réussirai ?...

Une petite image, lorsque je m'apaise, lorsque je m'abandonne à mon court avenir, confiée toute à celui qui m'attend là-bas, une petite image photographique me rejette à mon tourment, — à la sagesse. C'est un instantané, où Max joue au tennis avec une jeune fille. Cela ne veut rien dire : la jeune fille est une passante, une voisine venue pour goûter aux Salles-Neuves, il n'a pas pensé à elle en m'envoyant sa photographie. Mais, moi, je pense à elle, — et j'y pensais déjà avant de l'avoir vue ! Je ne sais pas son nom, je vois à peine son visage, renversé sous le soleil, noir, avec une grimace joyeuse où brille une ligne blanche de dents. Ah ! si je tenais mon amant, là, à mes pieds, entre mes mains, je lui dirais...

Non, je ne lui dirais rien. Mais écrire, c'est si facile ! Écrire, écrire, lancer à travers des pages blanches l'écriture rapide, inégale, qu'il compare à mon visage mobile, surmené par l'excès d'expression. Écrire sincèrement, — presque sincèrement ! J'en espère un soulagement, cette sorte de silence intérieur qui suit un cri, un aveu...

Max, mon ami aimé, je t'ai demandé hier le nom de cette jeune fille, qui joue avec toi au tennis. Ce n'était pas la peine. Elle s'appelle, pour moi, une jeune fille, — toutes les jeunes filles, — toutes les jeunes femmes qui seront mes rivales un peu plus tard, bientôt, demain. Elle s'appelle l'inconnue, ma cadette, celle à qui on me comparera cruellement, lucidement, avec moins de cruauté et de clairvoyance, pourtant, que je ne ferai moi-même !...

Triompher d'elle ? Combien de fois ? Qu'est le triomphe quand la lutte épuise et ne finit point ? Comprends-moi, comprends-moi ! Ce n'est pas le soupçon, ce n'est pas ta trahison future, ô mon amour, qui me ruine, c'est ma déchéance. Nous avons le même âge ; je ne suis plus une jeune femme. Imagine, ô mon amour, ta maturité de bel homme, dans quelques années, auprès de la mienne ! Imagine-moi belle encore et désespérée, enragée dans mon armure de corset et de robe, sous mon fard et mes poudres, sous mes fragiles et jeunes couleurs... Imagine-moi belle comme une rose mûre qu'on ne doit pas toucher ! Un regard de toi, appuyé sur une jeune femme, suffira à prolonger, sur ma joue, le pli triste qu'y a creusé le sourire, — mais une nuit heureuse dans tes bras coûtera davantage à ma beauté qui s'en va... J'atteins — tu le sais ! — l'âge de l'ardeur. C'est celui des imprudences sinistres... Comprends-moi ! Ta ferveur, qui me convaincra, qui me rassurera, ne me conduira-t-elle pas à l'imbécile sécurité des femmes aimées ? Une ingénue maniérée renaît, pour de brèves et périlleuses minutes, en l'amoureuse comblée, et se permet des jeux de fillette, qui font trembler sa chair lourde et savoureuse. J'ai frémi, devant l'inconscience effroyable d'une amie quadragénaire, qui coiffait, dévêtue et tout essoufflée d'amour, le képi de son amant, lieutenant de hussards...

Oui, oui, je m'affole, je divague, je t'effraie. Tu ne comprends pas. Il manque à cette lettre un long préambule, — toutes les pensées que je te cache, qui m'empoisonnent depuis tant de jours... C'est si simple, n'est-ce pas, l'amour ? Tu ne lui prêtais pas ce visage ambigu, tourmenté ? On s'aime, on se donne l'un à l'autre, nous voilà heureux pour la vie, n'est-ce pas ? Ah ! que tu es jeune, et pis que jeune, toi qui ne souffres que de m'attendre ! Ne pas posséder ce que l'on désire, tu ne vois rien au delà, et ton enfer se borne à ceci, dont certains font l'aliment de toute leur vie... Mais posséder ce que l'on aime et sentir à toute minute son bien unique se désagréger, fondre et fuir comme une poudre d'or entre les doigts !... Et n'avoir pas l'affreux courage d'ouvrir la main, d'abandonner le trésor entier ; mais serrer toujours plus fort les doigts, et crier, et supplier, pour garder... quoi ? une petite trace d'or, précieuse, au creux de la paume...

Tu ne comprends pas ? Mon petit, je voudrais pour tout au monde te ressembler, je voudrais n'avoir jamais souffert que par toi, et rejeter ma vieille détresse expérimentée... Secours, comme tu le pourras, ta Renée, — mais, mon amour, si je n'espère plus qu'en toi seul, n'est-ce pas déjà désespérer à moitié ?...

Ma main demeure crispée sur le mauvais porte-plume trop mince. Quatre grandes feuilles, sur la table, témoignent de ma hâte à écrire, non moins que le désordre du manuscrit, où l'écriture monte et descend, se dilate et se contracte, sensible...

Va-t-il me reconnaître dans ce désordre ? Non. Je m'y dissimule encore. Dire la vérité, oui, mais toute la vérité, on ne peut pas, — on ne doit pas.

Devant moi, sur la place, la place balayée par un vent tout à l'heure vif, mais qui faiblit et tombe comme une aile fatiguée, le mur cintré des arènes de Nîmes dresse sa pâte d'un roux croustillant, sur un pan de ciel ardoisé, opaque, qui présage la tempête. L'air brûlant se traîne dans ma chambre. Je veux revoir, sous ce ciel lourd, mon refuge élyséen : les Jardins de la Fontaine.

Un fiacre branlant, un cheval accablé me traînent jusqu'à la grille noire qui défend ce parc où rien ne change. Est-ce que le printemps de l'an passé n'a pas duré, magiquement, jusqu'à cette heure, pour m'attendre ? Il est si féerique en ce lieu, le printemps immobile et suspendu sur toutes choses, que je tremble de le voir s'abîmer et se dissoudre en nuée...

Je palpe amoureusement la pierre chaude du temple ruiné, et la feuille vernie des fusains, qui semble mouillée. Les bains de Diane, où je me penche, mirent encore et toujours des arbres de Judée, des térébinthes, des pins, des paulownias fleuris de mauve et des épines doubles purpurines... Tout un jardin de reflets se renverse au-dessous de moi et tourne — décomposé dans l'eau d'aigue-marine — au bleu obscur, au violet de pêche meurtrie, au marron de sang sec... Le beau jardin ! le beau silence, où seule se débat sourdement l'eau impérieuse et verte, transparente, sombre, bleue et brillante comme un vif dragon !...

Une double allée harmonieuse monte vers la tour Magne entre des murailles ciselées d'ifs, et je me repose une minute au bord d'une auge de pierre, où l'eau ternie est verte de cresson fin et de rainettes bavardes aux petites mains délicates... Là-haut, tout en haut, un lit sec d'aiguilles odorantes nous reçoit moi et mon tourment.

Au-dessous de moi, le beau jardin s'aplanit, géométrique aux places découvertes. L'approche de l'orage a chassé tout intrus, et la grêle, l'ouragan, montent lentement de l'horizon, dans les flancs ballonnés d'un épais nuage ourlé de feu blanc...

Tout ceci est encore mon royaume, un petit morceau des biens magnifiques que Dieu dispense aux passants, aux nomades, aux solitaires. La terre appartient à celui qui s'arrête un instant, contemple et s'en va ; tout le soleil est au lézard nu qui s'y chauffe...

Au profond de mon souci s'agite un grand marchandage, un esprit de troc qui pèse des valeurs obscures, des trésors à demi cachés, — c'est un débat qui monte, qui se fraye confusément un passage vers le jour... Le temps presse. Toute la vérité, que j'ai dû taire à Max, je me la dois. Elle n'est pas belle, elle est encore débile, effarée et un peu perfide. Elle ne sait me souffler encore que des soupirs laconiques : « Je ne veux pas... il ne faut pas... j'ai peur ! »

Peur de vieillir, d'être trahie, de souffrir... Un choix subtil a guidé ma sincérité partielle, pendant que j'écrivais cela à Max. Cette peur-là, c'est le cilice qui colle à la peau de l'Amour naissant et se resserre sur lui, à mesure qu'il grandit... Je l'ai porté, ce cilice, on n'en meurt pas. Je le porterais de nouveau, si... *si je ne pouvais pas faire autrement...*

« Si je ne pouvais pas faire autrement... » Cette fois, la formule est nette ! Je l'ai lue écrite dans ma pensée, je l'y vois encore, imprimée comme une sentence en petites capitales grasses... Ah ! je viens de jauger mon piètre amour et de libérer mon véritable espoir : l'évasion.

Comment y parvenir ? tout est contre moi. Le premier obstacle où je bute, c'est ce corps de femme allongé qui me barre la route — un voluptueux corps aux yeux fermés, volontairement aveugle, étiré, prêt à périr plutôt que de quitter le lieu de sa joie... C'est moi, cette femme-là, cette brute entêtée au plaisir. « Tu n'as pas de pire ennemie que toi-même ! » Eh ! je le sais, mon Dieu, je le sais ! Vaincrai-je aussi, plus dangereuse cent fois que la bête goulue, l'enfant abandonnée qui tremble en moi, faible, nerveuse, prompte à tendre les bras, à implorer : « Ne me laissez pas seule ! » Celle-ci craint la nuit, la solitude, la maladie et la mort, — elle tire les rideaux, le soir, sur la vitre obscure qui l'effraie, et se languit du seul mal de n'être point assez chérie...

Et vous, mon adversaire bien-aimé, Max, comment viendrai-je à bout de vous, en me déchirant moi-même ? Vous n'auriez qu'à paraître, et... Mais je ne vous appelle pas !

Non, je ne vous appelle pas. C'est ma première victoire...

Le nuage orageux passe à présent au-dessus de moi, versant goutte à goutte une eau paresseuse et parfumée. Une étoile de pluie s'écrase au coin de ma lèvre et je la bois, tiède, sucrée d'une poussière à goût de jonquille...

Nîmes, Montpellier, Carcassonne, Toulouse... quatre jours sans repos, et quatre nuits ! On arrive, on se lave, on mange, on mime, on danse au son d'un orchestre mal assuré et qui déchiffre, on se couche — est-ce la peine ? — et on repart. On maigrit de fatigue et personne ne se plaint ; — l'orgueil avant tout ! On change de music-hall, de loge, d'hôtel, de chambre, avec une indifférence de soldats en manœuvres. La boîte à maquillage s'écaille et montre son fer-blanc. Les costumes faiblissent et exhalent, nettoyés hâtivement à l'essence avant le spectacle, une odeur surie de poudre de riz et de pétrole. Je repeins au carmin mes sandales rouges, craquées, de l'*Emprise* ; ma tunique de la *Dryade* perd sa nuance acide de sauterelle et de pré vert. Brague est splendide de crasses colorées ; sa culotte bulgare (?) en cuir brodé, raide du sang artificiel qui l'éclabousse chaque soir, ressemble à une peau de bœuf fraîchement écorché. Le vieux Troglodyte épouvante, en scène, sous une perruque d'étoupe qui pèle et des peaux de lièvre déteintes, malodorantes.

Oui, des jours très durs, où nous haletons, entre un ciel bleu, balayé de rares nuées longues, maigres, comme cardées par le mistral, et une terre qui craque de soif et se fendille... Et puis, j'ai double charge, moi. Mes deux compagnons, quand ils débarquent dans la ville nouvelle, délestent leur épaule de la courroie qui la plie et ne songent plus, légers, qu'au « demi » mousseux, à la balade sans but. Mais, pour moi, il y a l'heure du courrier... Le courrier ! les lettres de Max...

Dans les casiers vitrés, sur les tables grasses où le concierge éparpille les papiers d'un revers de main, je vois, tout de suite, électriquement, la ronde écriture fleurie, l'enveloppe bleutée : adieu, le repos !

— Donnez ! Celle-là !... Oui, oui, je vous dis que c'est pour moi !

Mon Dieu ! qu'y a-t-il là-dedans ? Des reproches, des prières, ou peut-être seulement : « J'arrive... ? »

J'ai attendu quatre jours la réponse de Max à ma lettre de Nîmes ; pendant quatre jours, je lui ai écrit tendrement, cachant ma profonde agitation sous une gentillesse verbeuse, et comme si j'avais oublié cette lettre de Nîmes... De si loin, on est obligé à un dialogue épistolaire bien lâché, on mélancolise à bâtons rompus, au petit malheur... Quatre jours, j'ai attendu la réponse de Max, — impatiente et ingrate quand je trouvais seulement la longue anglaise démodée, gracieuse, de mon amie Margot, le minuscule griffonnage de mon vieil Hamond, les cartes postales de Blandine.

Ah ! cette lettre de Max, je la tiens enfin, je la lis avec une palpitation trop connue, qu'un souvenir rend plus douloureuse : n'y eut-il pas dans ma vie un temps où Taillandy, « l'homme que jamais une femme n'a plaqué », — disait-il, — s'enragea soudain de mon absence et de mon silence et m'écrivit des lettres d'amant ? La vue seule de son écriture acérée me rendait pâle, et je sentais mon cœur tout petit, rond et dur, bondissant, — comme aujourd'hui, comme aujourd'hui...

Froisser cette lettre de Max sans la lire, aspirer l'air comme un pendu qu'on décroche à temps, et fuir !... Mais je ne puis... Ce n'est qu'une tentation brève. Il faut lire...

Que le hasard soit béni ! Mon ami n'a pas compris. Il a cru qu'il s'agissait d'une crise jalouse, d'une coquette alarme de femme qui veut recevoir, de l'homme aimé, la plus flatteuse, la plus formelle assurance... Il me la donne, cette assurance, et je ne puis m'empêcher de sourire, parce qu'il loue son « âme chérie » tantôt comme une sœur très respectée et tantôt comme une belle jument... « Tu seras toujours la plus belle ! » Il l'écrit comme il le pense, sans doute. Mais pouvait-il répondre autre chose ? Peut-être, au moment d'écrire ces mots-là, a-t-il levé la tête et regardé devant lui la forêt profonde, avec une hésitation, une suspension imperceptibles de la pensée. Et puis il aura secoué les épaules, comme lorsqu'on a froid, et il aura écrit bravement, lentement : « Tu seras toujours la plus belle ! »

Pauvre Max !... Le meilleur de moi-même semble conspirer contre lui, maintenant... Avant-hier, nous partions à l'aube, et je reprenais, dès le wagon, mon repos en miettes, rompu et recommencé vingt fois, lorsqu'une haleine salée, fleurant l'algue fraîche, rouvrit mes yeux : la mer ! Cette, et la mer ! Elle était là, tout le long du train, revenue quand je ne pensais plus à elle. Le soleil de sept heures, bas encore, ne la pénétrait point ; elle refusait de se laisser posséder, gardant, mal éveillée, une splendide teinte nocturne d'encre bleue, veloutée, crêtée de blanc...

Des salines défilaient, bordées d'un gazon de sel étincelant, et des villas dormantes, blanches comme le sel, entre leurs lauriers sombres, leurs lilas et leurs arbres de Judée... À demi endormie, comme la mer, abandonnée au bercement du train, je croyais raser, d'un vol tranchant d'hirondelle, les vagues proches... Je goûtais un de ces parfaits moments, un de ces bonheurs de malade sans conscience, lorsqu'une *mémoire* subite, — une image, un nom, — refit de moi une créature ordinaire, — celle de la veille et des jours précédents... Pendant combien de temps venais-je, pour la première fois, d'oublier Max ? Oui, de l'oublier, comme si je n'avais jamais connu son regard ni la caresse de sa bouche, de l'oublier, — comme s'il n'y avait pas de soin plus impérieux, dans ma vie, que de chercher des mots, des mots pour dire combien le soleil est jaune, et bleue la mer, et brillant le sel en frange de jais blanc... Oui, de l'oublier, comme s'il n'y avait d'urgent au monde que mon désir de posséder par les yeux les merveilles de la terre !

C'est à cette même heure qu'un esprit insidieux m'a soufflé : « Et s'il n'y avait d'urgent, en effet, que cela ? Si tout, hormis cela, n'était que cendres ?... »

Je vis parmi des orages de pensées qui ne s'échappent pas. Je retrouve avec peine et patience ma vocation de silence et de dissimulation. Il m'est de nouveau aisé de suivre Brague à travers une ville, en haut, en bas, à travers les squares, les cathédrales et les musées, dans la fumée des petits caboulots où « on mange épatamment ! » Notre cordialité parle peu, sourit rarement, mais rit quelquefois aux éclats, comme si la gaieté nous était plus accessible que la douceur. Je ris facilement aux histoires de Brague, et je force mon rire à l'aigu, de même qu'il outre en me parlant une grossièreté très artificielle.

Nous sommes sincères l'un et l'autre, mais pas toujours très simples... Nous avons des plaisanteries traditionnelles, qui nous égaient traditionnellement : la préférée de Brague, — et qui m'exaspère, — est le Jeu du Satyre, qui se mime dans les tramways, où mon camarade élit pour victime tantôt une jeune femme timide, tantôt une vieille demoiselle agressive. Assis en face d'elle, veulement adossé, il la couve d'un regard allumé, pour qu'elle rougisse, tousse, arrange sa voilette et détourne la tête. Le regard du « satyre » insiste, lubriquement, puis tous les traits du visage, bouche, narines, sourcils, concourent à exprimer la joie spéciale d'un érotomane...

— C'est un excellent exercice de physionomie ! assure Brague. Quand on aura créé pour moi une classe de pantomime au Conservatoire, je le ferai répéter à toutes mes élèves, ensemble et séparément.

Je ris, parce que la pauvre dame, affolée, ne manque jamais de quitter le tramway très vite, mais la perfection grimaçante du vilain jeu me crispe. Mon corps, un peu surmené, subit sans logique des crises d'intolérante chasteté, d'où je chois dans un brasier, allumé en une seconde par le souvenir d'un parfum, d'un geste, d'un cri tendre, un brasier qui éclaire les délices que je n'ai pas eues, aux flammes duquel je me consume, immobile et les genoux joints, comme si je risquais, au moindre mouvement, d'élargir mes brûlures.

Max... Il m'écrit, il m'attend... Que sa confiance m'est cruelle à porter ! Plus cruelle à porter qu'à leurrer, car j'écris, moi aussi, j'écris, avec une abondance, une liberté inexplicables. J'écris sur des guéridons boiteux, assise de biais sur des chaises trop hautes, j'écris, un pied chaussé et l'autre nu, mon papier logé entre le plateau du petit déjeuner et mon sac à main ouvert, parmi les brosses, le flacon d'odeurs et le tire-bouton ; j'écris devant la fenêtre qui encadre un fond de cour, ou les plus délicieux jardins, ou des montagnes vaporeuses... Je me sens chez moi, parmi ce désordre de campement, ce n'importe où et ce n'importe comment, et plus légère qu'en mes meubles hantés...

— L'Amérique du Sud, qu'est-ce que ça te dit, à toi ?

Cette baroque question de Brague est tombée, hier, comme un caillou dans ma rêverie d'après-dîner, pendant l'heure si courte où je lutte contre le sommeil et le dégoût d'aller, en pleine digestion, me maquiller, me déshabiller.

— L'Amérique du Sud ? c'est loin...

— Flemmarde !

— Tu ne comprends pas, Brague. Je dis « c'est loin » comme j'aurais dit « c'est beau ! »

— Ah ! bon... comme ça... C'est Salomon qui me tâte pour là-bas. Alors ?

— Alors ?...

— Oh peut voir ?

— On peut voir.

Ni l'un ni l'autre nous ne sommes dupes de notre indifférence jouée. J'ai appris, à mes dépens, à ne pas « allumer » l'impresario sur une tournée, en montrant mon envie de partir. D'autre part, Brague se garde, jusqu'à nouvel ordre, de me présenter l'affaire sous un jour avantageux, dans la crainte de provoquer un enchérissement sur « le cachet global ».

L'Amérique du Sud ! J'ai eu, à ces trois mots-là, un éblouissement d'illettrée qui voit le Nouveau Monde à travers une féerie d'étoiles en pluie, de fleurs géantes, de pierres précieuses et d'oiseaux-mouches... Le Brésil, l'Argentine... quels noms étincelants ! Margot m'a conté qu'on l'y emmena tout enfant, et mon désir émerveillé s'accroche à la puérile peinture qu'elle me fit d'une araignée au ventre d'argent et d'un arbre couvert de lucioles...

Le Brésil, l'Argentine, mais... Et Max ?

Et Max ?... Depuis hier, je rôde autour de ce point d'interrogation. Et Max ? et Max ? Ce n'est plus une pensée, c'est un refrain, un bruit, un petit croassement rythmé, qui fatalement amène une de mes « crises de grossièreté ». Quel ancêtre mal embouché aboie en moi avec cette virulence non seulement verbale, mais sentimentale ? Je viens de froisser la lettre commencée pour mon ami, en jurant à mi-voix.

« Et Max ! Et Max ! Encore ! jusqu'à quand le trouverai-je dans mes jambes, celui-là ? Et Max ! et Max ! Alors, moi, je n'existe que pour me soucier de cet encombrant rentier ? La paix, Seigneur, la paix ! assez de chichis, assez d'idylles, assez de temps perdu, assez d'hommes ! Regarde-toi, ma pauvre amie, regarde-toi ! Tu n'es pas, il s'en faut, une vieille femme, mais tu es déjà une manière de vieux garçon. Tu en as les manies, le sale caractère, la sensibilité tatillonne, — de quoi souffrir, de quoi te rendre insupportable. Que vas-tu faire dans cette galère... pas même ! dans ce bateau-lavoir, solidement amarré, où l'on blanchit une lessive patriarcale ? Si tu étais capable, au moins, de te payer un bon petit béguin pour ce grand gars-là, quinze jours, trois semaines, deux mois, et puis adieu ! on ne se doit rien, on s'est bien réjoui l'un de l'autre... Tu aurais dû apprendre, chez Taillandy, comment on se plaque !... »

Et je vais, et je vais... J'apporte, à insulter mon ami et moi-même, une ingéniosité crue, méchante ; c'est une sorte de jeu où je m'excite à dire des choses vraies que je ne pense pas, — que je ne pense pas encore... Et cela dure jusqu'au moment où je m'aperçois qu'il pleut à verse : les toits, de l'autre côté de la rue, ruissellent, et la gouttière déborde. Une longue goutte froide roule le long de la vitre et tombe sur ma main. Derrière moi, la chambre est devenue noire... Il ferait bon, contre l'épaule de celui que j'humiliais tout à l'heure en le traitant d'encombrant rentier...

J'allume l'ampoule du plafond, je risque, pour m'occuper, un arrangement éphémère de la table à écrire, — j'ouvre le buvard, entre le miroir-chevalet et le bouquet de narcisses, — je cherche un semblant de home, je souhaite le thé chaud, le pain doré, ma lampe familière et son abat-jour rose, l'aboiement de ma chienne, la voix de mon vieil Hamond... Une grande feuille blanche est là, tentante, et je m'assieds :

Max, mon chéri, oui, je reviens ; je reviens un peu tous les jours. Est-il possible que douze nuits seulement me séparent de vous ? Rien n'est moins sûr : il me semble que je ne dois plus vous revoir... Comme ce serait terrible ! comme ce serait sage !...

Je m'arrête : n'est-ce pas trop net ?... Non. D'ailleurs, j'ai écrit : « ce serait », et jamais un amant ne prendra au tragique un conditionnel... Je puis continuer sur le même mode rassurant, risquer des généralités mélancoliques, des restrictions timorées... Et comme, tout de même, j'appréhende une décision brusque qui amènerait Max ici en moins de douze heures, je n'oublie pas de noyer le tout dans un flot de tendresses, hélas ! qui m'entraîne...

C'est un peu dégoûtant, ce que je fais là...

Comme le temps passe ! Où sont les Pyrénées fleuries de cerisiers, la grande montagne sévère qui semblait nous suivre, étincelante d'une neige qui donne soif, sabrée d'ombres vertigineuses, fendue d'abîmes bleus et tachée de forêts de bronze ? Où, les vallées étroites, et le gazon d'Espagne, et les orchidées sauvages d'un blanc de gardénia ? et la placette basque où fumait le chocolat noir ? Qu'il est déjà loin, le Gave glacé, plein d'une grâce méchante, troublé par la fonte des neiges, transparent et laiteux comme les pierres de lune !

Nous laissons Bordeaux, maintenant, après cinq représentations données en trois jours :

— Bonne ville ! soupirait Brague à la gare. Je m'ai appliqué une petite Bordelaise... aux cèpes ! une de ces demi-portions comme il en pleut sur le *Courss*, tu vois d'ici ? Haute comme trois pommes, du nichon, la jambe courte, un petit pied gras, et ça se fout tant de noir aux yeux, tant de poudre, tant de cheveux frisés, que je te défie de savoir si elles sont jolies ou non. Ça brille, ça cause, ça remue... ça fait bien mon blot !

Il exhalait sa félicité tranquille, et je le regardais avec une hostilité un peu écœurée, comme je regarde les gens qui mangent quand je n'ai plus faim...

Le printemps craintif fuit devant nous. Il rajeunit d'heure en heure et se referme feuille à feuille, fleur à fleur, à mesure que nous regagnons le nord. À l'ombre plus grêle des haies, les pâquerettes d'avril ont reparu, et les dernières violettes décolorées... L'azur plus pâle, l'herbe plus courte, une humidité acide de l'air créent l'illusion de rajeunir et de remonter le temps...

Si je pouvais dévider à rebours les mois échus, jusqu'au jour d'hiver où Max entra dans ma loge... Quand j'étais petite et que j'apprenais à tricoter, on m'obligeait à défaire des rangs et des rangs de mailles, jusqu'à ce que j'eusse trouvé la petite faute inaperçue, la maille tombée, ce qu'à l'école on appelait « une manque »... Une « manque » ! voilà donc tout ce qu'aura été, dans ma vie, mon pauvre second amour, celui que je nommais ma chère chaleur, ma lumière... Il est là, tout près de ma main, je peux le saisir, et je fuis...

Car je fuirai ! Une dérobade préméditée s'organise là-bas, très loin, au fond de moi, sans que j'y prenne encore une part directe... Au moment décisif, lorsqu'il n'y aura plus qu'à crier, comme affolée :

« Vite, Blandine, ma valise et un taxi-auto ! » je serai peut-être dupe de mon désordre, mais, ô cher Max que j'ai voulu aimer, je le confesse ici avec la douleur la plus vraie : tout est, dès cette heure, résolu.

À cette douleur près, ne suis-je pas redevenue *ce que j'étais*, c'est-à-dire libre, affreusement seule et libre ? La grâce passagère dont je fus touchée se retire de moi, qui refusai de m'abîmer en elle. Au lieu de lui dire : « Prends-moi ! » je lui demande : « Que me donnes-tu ? Un autre moi-même ? Il n'y a pas d'autre moi-même ? Tu me donnes un ami jeune, ardent, jaloux, et sincèrement épris ? Je sais : cela s'appelle un maître, et je n'en veux plus... Il est bon, il est simple, il m'admire, il est sans détour ? Mais alors, c'est mon inférieur, et je me mésallie... Il m'éveille d'un regard, et je cesse de m'appartenir s'il pose sa bouche sur la mienne ? Alors, c'est mon ennemi, c'est le pillard qui me vole à moi-même !... J'aurai tout, tout ce qui s'achète, et je me pencherai au bord d'une terrasse blanche, où déborderont les roses de mes jardins ? Mais ? c'est de là que je verrai passer les maîtres de la terre, les errants !... — Reviens ! supplie mon ami, quitte ton métier et la tristesse miséreuse du milieu où tu vis, reviens parmi tes égaux... — Je n'ai pas d'égaux, je n'ai que des compagnons de route... »

Des moulins tournent à l'horizon. Dans les petites gares que le train traverse, les coiffes bretonnes, les premières coiffes blanches fleurissent comme des marguerites... Voici que j'entre, éblouie, dans le jaune royaume des genêts et des ajoncs ! L'or, le cuivre, le vermeil aussi, — car le colza pâle s'y mêle, — enflamment ces landes pauvres d'une insoutenable lumière. J'appuie ma joue, et mes mains ouvertes, à la vitre du wagon, surprise de ne la point sentir tiède. Nous traversons l'incendie, — où est le cor de Siegfried ? Des lieues et des lieues d'ajoncs en fleurs, une richesse désolée qui rebute même les chèvres, où les papillons, alourdis par le chaleureux parfum de pêche à demi mûre et de poivre, tournoient d'une aile déchirée...

C'est à Caen, l'avant-veille de notre retour, que je trouve cette lettre de Max, — une ligne, sans signature : « Ma Renée, est-ce que vous ne m'aimez plus ? »

C'est tout. Je n'avais pas prévu cette douceur, et cette question si simple, qui déjoue toute ma littérature. Qu'ai-je donc écrit, la dernière fois ?...

Peu importe. S'il m'aime, ce n'est pas dans mes lettres qu'il a lu l'avertissement. S'il m'aime, il connaît ces chocs mystérieux, ce doigt léger et malfaisant qui heurte le cœur, ces menus foudroiements qui immobilisent soudain un geste, coupent un éclat de rire, — il connaît que la trahison, l'abandon, le mensonge frappent à travers la distance, il connaît la brutalité, l'infaillibilité du *pressentiment !*

Pauvre, pauvre ami, que j'ai voulu aimer ! tu aurais pu mourir ou me tromper, et je n'en aurais rien su, moi, — moi que la trahison la mieux cachée blessait, autrefois, télépathiquement...

— « Ma Renée, est-ce que vous ne m'aimez plus ?... » Je n'ai pas fondu en pleurs passionnés, mais j'ai jeté, sur une feuille de papier, les abréviations bébêtes d'une dépêche vaguement rassurante :

« Après-demain, cinq heures, serai chez moi. Toutes mes tendresses. »

Je suis jalouse, subtilement, de cet homme qui souffre. Je relis sa plainte, et je parle à cette lettre comme si c'était à lui, avec la bouche dure et les sourcils méchants :

— Tu aimes, tu souffres, et tu te plains ! Te voilà tout ressemblant à moi-même, — quand j'avais vingt ans. Je t'abandonne, et, grâce à moi, tu vas peut-être t'augmenter de ce qui te manque. Déjà tu vois à travers les murailles : ne t'émerveilles-tu pas, grand mâle épais ? Des nerfs affinés, une souffrance innocente et enflammée, un espoir qui reverdissait, vivace, comme un pré fauché, — c'était ma part, tout cela, et ce sera maintenant la tienne. Je ne puis te la reprendre, mais je t'en veux... »

Une pincée de lettres accompagne celle de Max. Blandine elle-même écrit : « Madame, Monsieur Maxime a reporter Fossette, elle a encore un nouveau collier. Monsieur Maxime demande après Madame, il n'a pas l'air bien content, on voit qu'il a attendue après Madame... »

Lettre d'Hamond, qui parle simplement, mais écrit avec une courtoisie presque cérémonieuse, — lettre de Margot, qui n'a rien à me dire et remplit deux feuillets d'un babil de religieuse ; — ils se hâtent de m'écrire tous, au moment où je reviens, comme si leur conscience leur reprochait un peu de m'avoir laissée longtemps seule...

À qui me confierai-je au retour ? À Hamond ? à Margot ? Ni à l'un ni à l'autre. Je déchire ce fatras léger, avant de quitter, pour monter sur la scène, la tombe étouffante qu'on nomme « loge de l'étoile » aux Folies-Caennaises. Nous sommes dans un *café-chantant*, ancien style : il faut traverser une partie du public pour gagner la porte de la scène, — c'est le pire moment de la soirée. On nous coudoie, on nous barre exprès le passage pour nous dévisager plus longtemps ; mon bras nu laisse sa poudre contre un dolman, une main tire sournoisement mon châle brodé, des doigts furtifs tâtent ma hanche... Tête haute, nous portons le mépris et la convoitise de cette foule chaude, comme de fiers détenus...

La demie d'une heure sonne très loin. Le train de Calais, qui doit me ramener à Paris, ne passera que dans cinquante minutes...

Je rentre seule, dans la nuit, sans prévenir personne. Brague et le vieux Troglodyte, désaltérés par mes soins, dorment maintenant quelque part dans Boulogne-sur-Mer. Nous avons tué trois quarts d'heure en comptabilité et en bavardage, en projets de tournée sud-américaine, et puis je suis venue m'échouer à cette gare des Tintelleries, si déserte à cette heure qu'elle semble désaffectée... On n'a pas allumé, pour moi toute seule, les globes électriques du quai... Un timbre fêlé grelotte timidement dans l'ombre, comme suspendu au cou d'un chien transi.

La nuit est froide et sans lune. Il y a près de moi, dans un jardin invisible, des lilas odorants que le vent froisse. J'entends, là-bas, l'appel des Sirènes sur la mer...

Qui devinerait que je suis ici, tout au bout du quai, pelotonnée dans mon manteau ? Comme je suis bien cachée ! Ni plus noire, ni plus claire que l'ombre...

Au petit jour, j'entrerai chez moi, sans bruit, comme une voleuse, car on ne m'attend pas si tôt. J'éveillerai Fossette et Blandine, et puis ce sera le plus dur moment...

J'imagine exprès les détails de mon arrivée ; j'appelle, avec une cruauté nécessaire, le souvenir du parfum double qui s'attache aux tentures : tabac anglais et jasmin un peu trop doux ; je presse en pensée le coussin de satin qui porte, en deux taches pâles, la trace de deux larmes, tombées de mes yeux pendant une minute de très grand bonheur... J'ai, au bord des lèvres, le petit « ah ! » étouffé d'une blessée qui heurte sa blessure. C'est exprès. J'aurai moins mal tout à l'heure.

Je fais, de loin, mes adieux à tout ce qui me retiendrait là-bas, et à celui qui n'aura plus rien de moi, qu'une lettre. Une sagesse lâche et raisonneuse me détourne de le revoir : point de « loyale explication » entre nous ! Une héroïne toute en chair telle que moi n'est pas de taille à triompher de tous les démons... Qu'il me méprise, qu'il me maudisse un peu, cela n'en vaudra que mieux : pauvre cher, il guérira plus vite ! Non, non, pas trop d'honnêteté ! Et pas trop de phrases, — car c'est en me taisant que je le ménage...

Un homme traverse les voies, d'un pas endormi, poussant une

malle sur un chariot, et, tout à coup, les globes électriques de la gare s'allument. Je me lève, engourdie, — je ne m'apercevais pas que j'avais très froid... Au bout du quai, une lanterne sautille, dans le noir, balancée par un bras qu'on ne voit pas. Un sifflement lointain répond aux rauques sirènes : c'est le train. Déjà...

Adieu, mon chéri. Je m'en vais, pas bien loin d'ici, dans un village ; ensuite, je partirai sans doute pour l'Amérique, avec Brague. Je ne vous verrai plus, mon chéri. En lisant ceci, vous ne croirez pas à un jeu cruel, puisque vous m'avez écrit avant-hier : « Ma Renée, est-ce que vous ne m'aimez plus ? »

Je m'en vais, c'est le moindre mal que je puisse vous faire. Je ne suis pas méchante, Max, mais je me sens toute usée, et comme incapable de reprendre l'habitude de l'amour, et effarée d'avoir encore à souffrir par lui.

Vous ne me croyiez pas si lâche, mon chéri ? Quel petit cœur que le mien ! Autrefois, il eût été pourtant digne du vôtre, qui s'offre si simplement. Mais maintenant... que vous donnerais-je, maintenant, ô mon chéri ? Le meilleur de moi, ce serait, dans quelques années, cette maternité ratée qu'une femme sans enfant reporte sur son mari. Vous ne l'acceptez pas, — ni moi non plus. C'est dommage... Il y a des jours, — moi qui me regarde vieillir avec une terreur résignée, — des jours où la vieillesse m'apparaît comme une récompense...

Mon chéri, un jour vous comprendrez tout ceci. Vous comprendrez que je ne devais pas être à vous, ni à personne, et qu'en dépit d'un premier mariage et d'un second amour, je suis demeurée une espèce de vieille fille... vieille fille à la ressemblance de certaines, si amoureuses de l'Amour qu'aucun amour ne leur paraît assez beau, et qu'elles se refusent sans daigner s'expliquer ; — qui repoussent toute mésalliance sentimentale et retournent s'asseoir pour la vie devant une fenêtre, penchées sur leur aiguille, en tête-à-tête avec leur chimère incomparable... J'ai voulu tout, comme elles ; une lamentable erreur m'a punie.

Je n'ose plus, mon chéri, — voilà tout, je n'ose plus. Ne soyez pas irrité si je vous ai caché, longtemps, mes efforts pour ressusciter en moi l'enthousiasme, le fatalisme aventureux, l'espoir aveugle, toute l'allègre escorte de l'amour... Point d'autre délire que celui de mes sens. Hélas ! il n'en est pas dont les trêves soient plus lucides. Tu m'aurais consumée en vain, toi de qui le regard, les lèvres, les longues caresses, le silence émouvant, guérissaient, pour un peu de temps, une détresse dont tu n'es pas coupable...

Adieu, mon chéri. Cherchez loin de moi la jeunesse, la fraîche beauté intacte, la foi en l'avenir et en vous-même, — l'amour, enfin, tel que vous le méritez, tel que j'aurais pu autrefois vous le donner. Ne me cherchez pas. J'ai juste la force de vous fuir. Si vous entriez là, devant moi, pendant que je vous écris... mais vous n'entrerez pas !

Adieu, mon chéri. Vous êtes le seul être du monde que j'appelle mon chéri, et après vous, je n'ai plus personne à qui donner ce nom-là. *Pour la dernière fois, embrassez-moi comme quand j'avais froid, embrassez-moi bien serré, bien serré...*

Renée.

J'ai écrit très lentement ; avant de signer, j'ai relu ma lettre, j'ai arrondi des boucles, ajouté des points, des accents, j'ai daté : *15 mai, sept heures du matin...*

Mais, signée, datée, et close enfin, c'est quand même une lettre inachevée... La rouvrirai-je ?... Je grelotte soudain, comme si, en fermant l'enveloppe, j'avais aveuglé le guichet lumineux où soufflait encore une chaude haleine...

C'est une matinée sans soleil, et le froid de l'hiver semble s'être réfugié dans ce petit salon, derrière les persiennes cadenassées depuis quarante jours... Assise à mes pieds, ma chienne se tait et regarde la porte, — elle attend. Elle attend quelqu'un qui ne viendra plus... J'entends Blandine remuer les casseroles, je sens l'odeur du café moulu : la faim tiraille maussadement mon estomac. Un drap usé couvre le divan, une buée humide et bleue ternit la glace... On ne m'attendait pas si tôt. Tout se voile de vieux linge, d'humidité, de poussière, tout porte encore ici l'appareil un peu funèbre du départ et de l'absence, et je traverse mon abri furtivement, sans enlever les housses blanches, sans écrire un nom sur le velours de poussière, sans laisser d'autre trace, sur mon passage, que cette lettre, — inachevée.

Inachevée... Cher intrus, que j'ai voulu aimer, je t'épargne. Je te laisse ta seule chance de grandir à mes yeux : je m'éloigne. Tu n'auras, à lire ma lettre, que du chagrin. Tu ne sauras pas à quelle humiliante confrontation tu échappes, tu ne sauras pas de quel débat tu fus le prix, le prix que je dédaigne...

Car je te rejette, et je choisis... tout ce qui n'est pas toi. Je t'ai déjà connu, et je te reconnais. N'es-tu pas, en croyant donner, celui qui accapare ? Tu étais venu pour partager ma vie... Partager, oui : *prendre ta part !* Être de moitié dans mes actes, t'introduire à chaque heure dans la pagode secrète de mes pensées, n'est-ce pas ? Pourquoi toi plutôt qu'un autre ? Je l'ai fermée à tous.

Tu es bon, et tu prétendais, de la meilleure foi du monde, m'apporter le bonheur, car tu m'as vue dénuée et solitaire. Mais tu avais compté sans mon orgueil de pauvresse : les plus beaux pays de la terre, je refuse de les contempler, tout petits, au miroir amoureux de ton regard...

Le bonheur ? Es-tu sûr que le bonheur me suffise désormais ?... Il n'y a pas que le bonheur qui donne du prix à la vie. Tu me voulais illuminer de cette banale aurore, car tu me plaignais obscure. Obscure, si tu veux : comme une chambre vue du dehors. Sombre, et non obscure. Sombre, et parée par les soins d'une vigilante tristesse ; argentée et crépusculaire comme l'effraie, comme la souris soyeuse, comme l'aile de la mite. Sombre, avec le rouge reflet d'un déchirant souvenir... Mais tu es celui devant qui je n'aurais plus le droit d'être triste...

Je m'échappe, mais je ne suis pas quitte encore de toi, je le sais. Vagabonde, et libre, je souhaiterai parfois l'ombre de tes murs... Combien de fois vais-je retourner à toi, cher appui où je me repose et me blesse ? Combien de temps vais-je appeler ce que tu pouvais me donner, — une longue volupté, suspendue, attisée, renouvelée... la chute ailée, l'évanouissement où les forces renaissent de leur mort même... le bourdonnement musical du sang affolé... l'odeur de santal brûlé et d'herbe foulée... Ah ! tu seras longtemps une des soifs de ma route !

Je te désirerai tour à tour comme le fruit suspendu, comme l'eau lointaine, et comme la petite maison bienheureuse que je frôle... Je laisse, à chaque lieu de mes désirs errants, mille et mille ombres à ma ressemblance, effeuillées de moi, — celle-ci sur la pierre chaude et bleue des combes de mon pays, celle-là au creux moite d'un vallon sans soleil, et cette autre qui suit l'oiseau, la voile, le vent et la vague. Tu gardes la plus tenace : une ombre nue, onduleuse, que le plaisir agite comme une herbe dans le ruisseau... Mais le temps la dissoudra comme les autres, et tu ne sauras plus rien de moi, jusqu'au jour où mes pas s'arrêteront et où s'envolera de moi une dernière petite ombre... qui sait où ?

Colette

Copyright © 2025 by Alicia ÉDITIONS

Credits : www.canva.com ; Alicia Éditions

Photographie de Colette 1910, anonyme, https ://commons.wikimedia.org/wiki/File :Colette_-_photographie.jpg

Signature de Colette, https://commons.wikimedia.org/wiki/Category:Colette#/media/File:Colette_Signatur_1929.jpg

ISBN E-BOOK : 9782384555147

ISBN BROCHÉ : 9782384555154

ISBN RELIÈ : 9782384555161

Tous droits réservés.

Aucune partie de ce livre ne peut être reproduite sous quelque forme ou par quelque moyen électronique ou mécanique que ce soit, y compris les systèmes de stockage et de récupération de l'information, sans l'autorisation écrite de l'auteur, à l'exception de l'utilisation de brèves citations dans une critique de livre.

www.ingramcontent.com/pod-product-compliance
Lightning Source LLC
LaVergne TN
LVHW032010070526
838202LV00059B/6380